若山诗词集

曹廷杰——著

黄河出版传媒集团
阳光出版社

图书在版编目（CIP）数据

若山诗词集 / 曹廷杰著. -- 银川：阳光出版社，
2023.12

ISBN 978-7-5525-7220-9

Ⅰ. ①若… Ⅱ. ①曹… Ⅲ. ①诗词－作品集－中国－
当代 Ⅳ. ①I227

中国国家版本馆CIP数据核字（2024）第025800号

若山诗词集

曹廷杰　著

责任编辑　谢　瑞
封面设计　石　磊
责任印制　岳建宁

黄河出版传媒集团
阳　光　出　版　社　出版发行

出 版 人　薛文斌
地　　址　宁夏银川市北京东路139号出版大厦（750001）
网　　址　http：//www.ygchbs.com
网上书店　http：//shop129132959.taobao.com
电子信箱　yangguangchubanshe@163.com
邮购电话　0951-5047238
经　　销　全国新华书店
印刷装订　宁夏凤鸣彩印广告有限公司
印刷委托书号　（宁）0028830

开　　本　787 mm×1092 mm　1/32
印　　张　5.75
字　　数　150千字
版　　次　2023年12月第1版
印　　次　2024年1月第1次印刷
书　　号　ISBN 978-7-5525-7220-9
定　　价　56.00元

序

　　曹公廷杰先生诗集行将付梓，闻之，令人鼓舞，然又嘱我为之作序，不禁胸胆发怵。应学力不逮，却之人情难违，权衡之下，取其轻者，不揣浅陋，以负先生之望。曹公曾以诗集油印本惠我，激赏之余，抚膺感喟，高山仰止，曹公大作，文辞煊烂，措意高远，其项背难望矣。

　　我诚意建言，企待出版，流布社会，以飨同好，与志同道合者协同传统文化继承创新，增强文化自信。

　　然曹公向以恭俭谦抑自守，耻以矜夸，遂以退休赋闲，自娱遣兴而已，莫须耗资传谬而婉拒之。何期近日改弦易辙，急急切切奢言出版。概因其子其女窥悉乃父数年雨雪风霜，澄静处默，书拥半床，援笔疾走，日积月累，手稿盈箧，散文数以万言，诗词歌赋有三百首之多。著述之丰硕，实出儿女之意外，又乃父之睿智与力健亦令儿女喜出望外。

　　曹氏一门，祖孙三代，研究生一人、大学生计五。可谓书香门第，鼎盛之家，故其后裔明达，高视瞻远，议决出版，如此，前辈之流风馀绪可光大绍远，尔父寒灯孤照，矻矻穷年之初心既得慰藉，子女孝亲之寸帙，得报于万一，何乐而不为也，又何计区区之资费。

至于曹公，当其昔年，生计维艰，勤俭樽节已成积习，付资出书几成奢谈。倘无儿女同心措手，曹公数年之书稿，始则束之高阁，终则葬身火镬，岂不噫嘻悲哉。既以付梓，待书问世，儿女拳拳之孝心，与诗集如影随形，传之既远，为人父母谁不称美。

读曹公词，斑斓纷呈，五彩交汇，无论模山范水，缘情造境，写景状物，抒怀言志，或者登临吊古，抚今追昔，游旅览胜，登高临水浩歌啸咏，或者铺搞文藻，天华地锦，或者浅言深理，见微知著，无不引人入胜，掩卷遐思，此其大观也。至若赏会入微，又见格调清丽，而觉天高气爽，又如明月与清风同夜，或者朗日与春林共朝。又若选调沉郁婉约，犹如远志蓄势壮飞云天，援《行香子·随感》为例，涵泳蕴藉，清气氤氲，凄清而不伤，哀婉而不怨，一味困知勉行，寄意高远，虽一路牢确，跬步之积，终以柳暗花明报之。又其依谱抒怀，上片五平韵，下片四平韵，上下两节各以去声领起以下三言两句，音节流美，词有定格，字有定音，不以历史遐远而易则，旧式不变，文则万化，方见其文思情采。曹公之词作，为我立标正范，步其后尘，量画虎不会类犬矣。

赏会曹公律诗，又见兀直雄放，意境宏阔，令人荡气回肠。至于直赋，铺藻笔触轻盈如凌波泛起，涟漪远逝。七律《故乡》通体写景，却寓情于景，景实易状，情虚难描，景物外观，情性内涵，结穴于一切景语皆情语。首联写景领起，承联依旧状物，以下移步换景，一句一景，一景一画，步步移情迁爱，末联作结，钟情山村恬静幽寂，沉醉田园生活自在超然，如图穷见匕，手法高妙，真乃黄绢幼妇，外孙齑臼。

曹公城乡两栖，冬则居城，同学旧谊，赵钱孙李，三五聚会，觥筹交错，怀旧抚今，纵谈畅怀。夏栖农村，晨听众鸟啼晓，日正五柳纳凉，蛩鸣秋声，东篱采菊，卷帙盈柜，翰墨陈案，缺丝竹之乱耳，幸无案牍之劳形，豪兴与逸乐，唯公独擅，随宜调适，无疾可期，遐龄在望。

无闻　谨序

癸卯初夏于银川容膝

自　序

　　纵观日月星辰，云卷云舒，世事变迁，人间沧桑，历历往事，都给我们带来不可磨灭的记忆。我酷爱文学，尤其钟情于古典文学。现在回想起来，青少年时期曾一度痴迷于古典文学，特别是古典小说，究其缘由，与母亲的直接影响有关。

　　母亲是在外祖父创办的私塾里读书识字的，她的文化程度虽然并不高，但非常爱读书。记得年幼时，我总是看见母亲手不释卷，甚至在她绣花时，一边绣着花，一边看着放在枕头上的书。

　　母亲给我讲孔融让梨和司马光砸缸的故事，母亲还教我记下了"上河顽石下河沙，沙笑顽石不如它，有朝一日大水发，只见顽石不见沙"和"山上松柏山下花，花笑松柏不如它，有朝一日寒霜降，只见松柏不见花"……

　　至于在学校课本上所学的古典文学自不必细说，至今记忆犹新的是初中教语文的李老师口中常念的"清明时节雨纷纷，路上行人欲断魂。借问酒家何处有，牧童遥指杏花村"（唐·杜牧诗《清明》）。这首清新生动，而凄凉的诗给我深刻印象。

在校读书期间，我借阅了大量古典小说和现代小说，深受古文学潜移默化的影响和古文化的滋养，同时积累了许多词汇，接触并记住了不少开篇词和篇中诗词，如："家住逍遥一点红，飘飘四下影无踪。三岁孩童千两价，保王跨海镇西东"（《薛仁贵征东》）；"无才可去补苍天，枉入红尘若许年。此系身前身后事，倩谁寄言作奇传"（《红楼梦》）。因此，我便深深地爱上了古诗词，只是由于当时经济太过于拮据，实在买不起任何一本书来读。

我于一九六六年六月于隆德中学高中毕业，由于搞"运动"，一九六八年九月方回乡劳动。离校时我写下了我人生中的第一首诗："悲风泣雨天气凉，功名不就返故乡。消尽春华十四载，前途渺渺愁断肠。"并感慨道："余今二十有四，且高中毕业。忆往日，余怀鸿鹄之志，勤读圣贤，欲一举成名，报效祖国，故历尽千辛万苦，才有今日。孰知如此命薄，腹中空空，前功尽弃，返回故里，尚无生计，思念将来，不觉沧然泪下。"尽管此诗可谓滥竽充数，装腔作势，不能称其为诗，但可以明证古典文学对我影响之深，也可从中管窥我对古典诗词的热衷。

回乡劳动的十年中，很难接触到整体的文学书籍及作品，偶尔遇到零散诗词，不管其优劣，我便利用雨雪天抄录并熟记之。

一九七八年，我考取教师职务，被分配到中学教语文课，从此开始了我人生的辉煌时期，我不仅在教学生涯中大展宏途，还可以在文学的瀚海中尽情地泛舟，在古典文学诗词的宝库中恣意探奇觅珍，极力汲取营养。

为了进一步提高文化水平，充实学识储备，我在倾心于教书育人工作的同时，报考了宁夏教育学院汉语言专业函授，对该学科进行了较为全面系统地学习，其收获不言而喻。

古典诗词是中华文学宝库中的瑰宝奇葩，源远流长，内容广泛，思想深邃，语言精辟，它既反映了不同时代、不同阶级人们生活的方方面面，也反映了不同时代各族人民的精神面貌。其文学形式是多种多样的，表现手法既是传统的，又是多样的，独特的。从《诗经》六义中的赋、比、兴，到以李白为代表的浪漫主义和以杜甫为代表的现实主义等。同时还有诸多的表达方式，如：叠词："硕鼠硕鼠，无食我黍，……乐土乐土，爰得我所"（《诗经·硕鼠》）；互文："谨言慎行，君子之道"（《论语·卫灵公》）；倒置："香稻啄余鹦鹉粒，碧梧栖老凤凰枝"（杜甫诗《秋兴八首》）；白描："满面尘灰烟火色，两鬓苍苍十指黑"（白居易《卖炭翁》）。

古人有言，不读诗词，不足以知春秋历史，不足以品文化精髓，不足以感天地草木之灵，不足以见流彩华章之美。此言很有警励意义。"坎坎伐檀兮，置之河之干兮，……不稼不穑，胡取禾二百囷兮"（《诗经·伐檀》），反映了我国古代劳动人民之辛劳和统治者不劳而获的社会状况，以及劳动者对不劳而获者的强烈不满。"出门无所见，白骨蔽平原，路有饥妇人，抱子弃草间"（王粲诗《七哀》），诗犹如一幅悲惨而又逼真的画图展现在我们面前，让我们清晰地看到三国时期因战乱所造成的百姓流离失所，饿殍遍野的悲惨社会景象。"忆昔开元盛世日，小邑犹藏万家室。稻米流脂粟米白，公私仓廪俱丰实。九州道路无豺虎，远行不劳吉日出"（杜甫诗《忆昔》），诗真实而又具体的反映了盛唐时期国富民足，天下太平的社会景象。

"黄四娘家花满溪，千朵万朵压枝低，流连戏蝶时时舞，自在娇莺恰恰啼"（杜甫诗《江畔独步寻花·其六》），诗描绘了一幅烂漫且又生机勃勃的春景图，呈现在我们面前。"接天莲叶无穷碧，映日荷花别样红"诗句中一"碧"一"红"，突出了莲叶和荷花的美丽，并给读者带来强烈的冲击力，莲叶的无边无际仿佛与天宇相接，气象宏大。整幅画面绚丽生动。

"大漠孤烟直，长河落日圆"大气磅礴，纵横开阔，气势恢宏。"明月松间照，清泉石上流"雅致，恒静。"采菊东篱下，悠然见南山"闲情逸致。

研读和学习古典诗词，既启迪心智，培养灵感，又能增强审美情趣。"路漫漫其修远兮，吾将上下而求索"，启发我们认识到人生道路漫长曲折，要勇于探索，积极进取。"长风破浪会有时，直挂云帆济沧海"，表达了诗人对于理想的执着追求，及其挣脱逆境的魄力与心愿。这蓬勃向上的精神力量催人奋进，自强不息。"会当凌绝顶，一览众山小"，揭示出只有站得高，才能看得远的哲理。不但启示我们应该志存高远，不怕困难，勇攀高峰，俯瞰一切，也激励我们要有如此的雄心和气概。

"读书破万卷，下笔如有神"告诉我们，只有博览群书，精读、细读，积累大量的知识，把书中的知识化为己用，才能写出惊世骇俗的文章，有如神助。

如此等等，不胜枚举。

持之以恒地刻苦学习，激发了我写作的欲望，加之看到和亲身感受到在校教师对教育事业的忠心耿耿，对学生的关心爱护，教学工作的辛勤劳苦，我便以《教者·六首》为开端，正式开始了诗词创作。《教者》旨在以诗的形式诉说教师每天教书育人工作的繁重，工作环境的艰苦，教师尽职尽责的工作态度及其忘我的献身精神。此诗前四首曾投稿《宁夏日报编辑部》，以期发表后让全社会关注山区教师工作和生活现状，在尊师重教之际，解决其实际困难。几天后，编辑部回函"备稿待用"，再后来，便没有了下文。

我的写作过程是艰难曲折的，一方面受限于本人的天资、精力及文化水平，另一面限于教学与家庭劳动过于繁重，实在挤不出时间进行大量写作，更重要的是因长期重负让我积劳成疾，身患多种疾病，故而在职时只以诗的形式记录了自以为我人生的大事件，我常常以此为憾。

宋代大文学家，理学创始人之一张载在其"横渠四言"中有一言"为往圣继绝学"。受此言启发，我觉得作为华夏后裔的读书人，我们都应该承传先贤的文化遗产，故而，写古典诗词就更成了我一直难以释怀的情结，企望能为承传古圣先贤的优秀文学遗产尽绵薄之力。

退休前后，我有了充裕的空闲时间，可以进行读书写作，然而，突发的严重眼病让我卧床不起，强烈地求生欲望与坚定的写作信念支撑着我，在几年的时间里，我辗转于外地几大医院治病，"苦心人，天不负"，经多方治疗，最终保住了我的一只眼睛。尽管复视给我的读书与写作造成了极大的障碍，但植根于我灵魂深处的出书梦想时不时地撞击着我几近崩溃的心，"老骥伏枥，志在千里，烈士暮年，壮心不已"，作为我困境时的座右铭激励着我忧伤的晚年。苏联卫国战争中双目失明的英雄保尔·柯察金在其《钢铁是怎样炼成的》一书中写道："一个人的生命应该这样度过：当他回首往事的时候不会因虚度年华而悔恨，也不会因碌碌无为而羞愧。"这名言深深地触动着我近于沉寂的心灵。"只要心常在，大不了从头再来"，我毅然拿起笔，摸索着写下了诗词集前几首发泄满腔郁闷的词。

2008年北京残奥会赛场上，单腿田径运动员奋力跳高、跳远，单臂游泳运动员拼命击水搏浪，盲人篮球、足球运动员坐着轮椅争金夺冠。这些残疾人与命运抗争，与病魔抗争，他们坚毅果敢，英勇顽强，最终都取得了绝佳成绩，为他们的人生写下了光彩夺目的一笔。如此等等壮举强烈地冲击着我的灵魂，我情不自禁地拿起笔，写下了讴歌我国运动健儿顽强拼搏，为国争光的词篇。

随着病情的日渐好转，我走出了宅得太久的家，去旅游，看外面的大千世界。祖国绚丽多彩的大好河山，旖旎的风光，淳朴的风土人情，辉煌灿烂，雄伟壮观的古现代建筑，名留千古，誉享中外的中华古迹，无一不让我流连忘返，让我感慨万端，让我为之动情、动容。旅游开拓了我的视野，开扩了心胸，增长了见识，学到了书本中无法学到的诸多知识。我便以诗词这种文学形式，粗略地记述了游览中的所见、所闻，一切景语皆情语。我也借此表达了我之感，我之思，我之情。其中既有我高端的赞美，也有我由衷地惋叹，更有我真诚地谢意与祝福。

拙作的内容较为广泛，所涉社会面貌，城乡人们的生活及精神状况，旨在反映与时俱进，国泰民安，科技高端，攀星摘月，欣欣向荣的社会现实。《周易·系词上》载："仁者见之谓之仁，知者见之谓之知。"鉴于此，不才之作有不足处在所难免，但无论如何我对笔下所写一景一物，一人一事都倾注了真挚的关切与至爱之情。

诗词集付梓面世，我瑾以此抛砖引玉，企望有更多来者继承和发扬我国优秀文学遗产。

曹廷杰

二〇二三年五月三日于金湖兰庭

目　录

诗

词

诗

———— · ————

古体诗

教者（五首）

　　壬辰秋，余调任桃园中学主任。该校地处偏远山区，山大沟深，环境艰苦，校舍简陋，办学条件极差，学生皆通校，早晚往返于少则二三里，多则十里开外的山间土路，实为不易，遇雨雪天则更为艰难。身兼教书与管理的老师，其辛劳不言而寓，特别是冬天昼短，时间紧促，教师尤为劳苦，固有感于此，作诗以记。

早　备

晨钟声声到田家，学子阵阵噪栖鸦。
难为拳拳育才心，窗烛熠熠迎朝霞。

授　课

冬尽春归一年年，朝育暮培方寸间。

授知传道一支笔，谈天论地三尺坛。

细语精妙释迷瞪，微言大义拓心田。

春风化雨蓓蕾红，热情着意理想燃。

护　送

朔风凛冽寒霜天，雪花续断日衔山。

列外贤师步履艰，行里稚生声容安。

心系学子三春辉，情怀家国四季暄。

授业仁爱遵孔孟，甘为人梯育达贤。

家　访

晚霞托熔金，四围山色空。

曲径独行人，神色何匆匆。

幽谷环峻岭，边陲天幕临。

汗雨帧襟透，但为桃李芬。

夜　阅

夜阑月朦银汉稀，梦转百回万籁寂。

辛勤劳作育花人，犹自挑灯伏案几。

一九八三年十一月

励 志

红尘碌碌已而立，潜心向学奔前程。

敬重愚钝誉中外，仰慕天才壮古今。

乡里山田苦磨砺，校中书海勤修文。

欲望众小登泰岳，长挂云帆^①仰诗宗。

一九八四年八月六日

---

① 长挂云帆，见李白《行路难》："长风破浪会有时，直挂云帆济沧海。"

感　悟

参加宁夏教育学院优秀函授生颁奖大会感赋 [①]

一介贫师委重任，胸虽有志少五经 [②]。
授教谆谆尽心智，攻读孜孜苦追寻。
一年一度桃李熟，几番几多蓓蕾新。
勤学功夫积跬步，人生立世当自成。

一九八七年八月二十六日

---

① 余获宁夏教育学院汉语言文学专业优秀函授生奖。
② 五经，即四书五经，代汉语言文学。

退　休

三十华年为人师，秋暮退闲归故里。

幸了育人家国事，野鹤孤云一天地。

二〇〇七年十月二日

梦　母

白露催寒长空远，秋风萧萧百花残。

神冷情寂独游母，天台形孤身影单。

四时尚需衣襟暖，五更不耐衾枕寒。

梦里依稀添裙裾，寸草春心思枉然。

二〇〇八年八月二日

原州伴读随感

伴孙就读原州城，染疴卧听嘀嗒声。

旭阳周而复始西，流年黄昏何以东。

虽了盛年家国事，赢得师名慰平生。

垂暮未了少时愿，怎作不废桑榆功。

二〇〇九年九月二十日

原州寄念寂然友

凤城原州恰一道，异地他乡俩故交。

寒窗勤修共漫漫，穷壤苦炼同渺渺。

云程奋起乘东风，公职敬事供沙校①。

促膝融融话古今，挑灯盈盈说两小。

二〇〇九年九月二十一日

---

① 沙校，即沙塘中学，建于 1958 年，建初为初级中学，后改扩建成完全中学。因其校地处有着得天独厚的地理条件与浓厚的文化氛围等优势，校舍逐年修建，面貌全新，各类教学设备齐全，每年在校就读生多达两千余人，教职员工一百多人。

夜归探父

风衣漉湿归情急，堂屋探父掀炕帏。

半窗霜月照缁衣，一门心思待儿归。

闻声颤颤身半起，开灯滢滢泪几滴。

耄耋更恋花甲子，休戚与共命相依。

二〇〇九年十二月三十一日

无　题

乍暖还寒奈何天，清明不见山花繁。

少时春和景明媚，迟暮风冻身颤然。

闭户拥炉难将息，开卷赋诗解愁烦。

几许时令催人老，节序依旧气候迁。

二〇一〇年四月三日

赴固原途中

隆固只隔一重山，阳春景物异迥然。

六盘横亘叠翠屏，风和气清碧云天。

骋目百里沃平畴，放眼一川桃花源。

雾锁萧关溪冷冷，尘扬靖朔①沙团团。

二〇一〇年四月五日

暮年辞

事事非非等闲过，性情无改犹如昨。

乐善好助恭弥陀，独善其身比闲鹤。

学无止境常开卷，艺不达位勤作歌。

老马嘶枥惜日月，陈旧烟灭俱忘却。

二〇一〇年六月五日

---

① 靖朔，指固原古城靖朔门。

原州行（三首）

其一

易容不识旧城柳，原州阔别二十秋。

东岳山脚汽笛鸣，西雁岭下高速流。

北塬金城商宅区，南河银湖游览洲。

残垣沉载边陲史，和靖^①肃证沧桑悠。

其二

华年小住不觉旧，山城焕颜平妆休。

鳞次栉比玉楼立，车水马龙彩虹流。

丹青焕彩小西湖，翰墨流香大明州。

五塬坦荡写春秋，六盘巍峨壮志酬。

---

① 和靖，即固原旧城和平门与靖朔门。

其三

忆中荒塬更改旧，机场新落边城陬。

碧天银鹰炫英姿，关山陲域逞风流。

一线横空飞京华，四海凌霄赴原州。

西固展翼谱新篇，塞上名市富春秋。

二〇一〇年六月十二日

《名言名句》一书读后

名言警句精典文，胜似珠玉与黄金。

修身养性做学问，承前启后辉人生。

二〇一〇年九月九日

祭　父

重山叠峻岭，夕阳绕烟云。

荒塬荆棘衰，野雉丛林鸣。

披麻衣白人，独坐祖茔空。

音容无觅处，值此总销魂。

二〇一〇年十一月二十八日

无　题

夜阑人静月半爷，清辉疏影照无眠。

慈萱一去思汪然，椿堂又将孤苦添。

半坐贴窗听风声，蜷伏倚枕忆当年。

犹念四世同堂日，虹霓过处景象迁。

二〇一〇年十二月八日

六盘山（三首）

其一·览胜

擎天一柱六盘峰，环峦颠连宁陇东。

千岭竞上莽苍苍，万木争荣郁葱葱。

秀岩峭壁飞瀑布，长峡幽谷涌涛松。

涧溪涵沐娉婷荷，天池云影矫捷鹰。

其二·远眺

群山拱峰走隆静，钟灵育秀展画屏。

悦目百里平畴翠，迷人一川桃源春。

渝河鉴明铺素练，琉璃斑驳绿掩村。

流光溢彩楼亭阁，飞花点翠妖娆城。

其三·缅怀

沧海桑田谁与共，始皇汉武登临峰。①

岳断西夏十万军，云锁宋关八百冬。②

一代天骄长眠处，两江总督柳色青。③

　红旗漫卷盘山路，泾水清音伴歌声。

二〇一一年七月二日

---

① 秦始皇、汉武帝均曾登临六盘山。

② 宋庆历一年（1041年），西夏曾用兵十万于六盘山区攻打北宋。北宋曾于六盘山弹筝峡（亦称金佛峡）、瓦亭、萧关建关隘，历称三关口。1127年北宋亡至今八百余年，故说。

③ 一代天骄，即成吉思汗。其于1227年领兵攻破隆德城，病逝于六盘山。两江总督，即清臣左宗棠。其陕甘总督任上率军收复新疆时一路所植柳树，世称"左公柳"。

习　字

盛年临摹仰王公，公事家务耽良辰。

谢职不再育桃李，赋闲偏又病双睛。

春去冬来落红尽，兴牵趣萦流水东。

老骥强抑朦胧目，晨暮潜心学圣公。

二〇一一年七月六日

无　题

一日一日复一日，日复一日又一日。

孟秋将尽三之二，耳顺①年过二分一。

身心交瘁只等闲，夙愿趣好苦相逼，

手不释卷翻百家，咬文嚼字弄纤笔。

二〇一一年七月八日

---

① 耳顺，六十岁的代称。见《论语·为政》"子曰：六十而耳顺。"

杂诗（三首）

晨　眺

煦风东山亮，长空万道光。

朝霞炫红景，大地着紫装。

拂树炜翡翠，翔鸟玉衣裳。

彤辉散射开，金乌^①升陇岗。

观　泉

一汪春泉碧盈盈，迸珠溅玉波粼粼。

涓溪湍河活源头，绣山丽川灵动根。

玲玲甘水泽桃李，汩汩清流润田荆。

金蓓玉蕾争斑斓，春兰秋菊竞芳英。

---

　①金乌，太阳的别称。古代神话中说，太阳中有三足鸟，故为太阳的别称。

夕　望

凝望夕阳红，天际悬熔金。

彤光炫桑榆，橘橙染苍穹。

黛山披霞衣，碧水落彩虹。

莫道近黄昏，余晖成绮景。

二〇一一年九月二十二日于老家

咏　菊

重阳塞北已觉寒，谁搬陶菊展中山。

清雅逸致芳荟萃，恬然自处香溢园。

欹正舒卷比神韵，黄红紫白竞斑斓。

幽葩艳丽争秋色，玉骨秀枝傲霜天。

二〇一二年十月二十二日

凤城行

作别凤城才几春，易容换妆不识君。

迷失环城高速路，难辩摩天新楼群。

散心桨荡艾茵河，纵情手揽览山云。

汉玉雕栏唐徕柳，为伊一来一回新。

二〇一三年五月二十一日

格律诗

七绝·参加县两代会感言①

沐浴东风百草茵，隆城两会焕然春。

箴言良策山乡兴，筹运②还期换届新。

一九八四年三月二十日

---

① 余于一九八三年十一月当选为隆德县第九届人民代表大会代表。

② 筹运，犹运筹。制定策略；谋划。语出唐杜甫《送重表侄王砯评事使南海》诗："番禺亲贤领，筹运神功操。"

七绝·读史感公孙弘 [①] 励志成才事

瑰璧连城不在大，荣誉桂冠棘枝编。
志心向学无遗力，晚达儒功爵位迁。

一九八七年八月二十六日

七绝·随思 [②]

有感于"全区优秀教师"代表颁奖大会

机缘从教远迷茫，此启人生又一章。
茹苦含辛培学俊，苑园桃熟李成行。

一九九一年九月十日

---

① 公孙弘，西汉名臣。其曾穷困潦倒，以给人喂猪为生，年逾四十始
发奋读书，"彼无书，且知勉。"苦读二十年后，于百余人上殿策
试中脱颖而出，被汉武帝定为第一名，拜五经博士，累官至宰相，
封平津侯，位三公之列。
② 余于一九九一年，获宁夏回族自治区教育厅、劳动人事厅、教育工会、
中小学幼儿教师奖励基金会颁发的"全区优秀教师"奖。

七律·登天安门城楼随感

雄楼壮丽耸云霄，势压寰球历数朝。

玉柱承天国运启，丹台^①拔地史迹昭。

盘龙^②绮殿风云幻，捧月宫灯帝气消。

登陛瞻奇情不禁，倚栏快意眺高标。

一九九一年十二月十日

七绝·野菊

萧飒西风谷壑开，幽然自处蝶难来。

蕊寒香冷溢清韵，色正枝敧伴槁苔。

二〇〇六年十一月二〇日

---

① 丹台，指红色的楼台，这里指天安门城楼红色基台。

② 盘龙，城楼殿内梁枋所画团龙图。

七绝·母校① 五十周年庆

春华秋实五旬年，送往迎来万万千。

庆日生员才俊聚，黉门盛会喜空前。

二〇〇八年十月一日

七绝·八十八龄父

慈母离辞近两年，家严衰迈不如前。

清癯更老龙钟态，孤寂常眠实令怜。

二〇一〇年六月五日

---

① 母校，即沙塘中学。介绍见前。

七律·甲午夏日即兴抒怀

年过花甲不从容，寂伴孤疴昏与晨。

无意尘封文泰斗，未甘冷落圣书人。

临摹且弄纤纤笔，赋咏常怡怅怅神。

耘作自知夕阳短，晚来寻趣复冬春。

二〇一四年十二月十八日

七律·咏农家四首

其一

春风遍染杏红花，最是无闲数农家。

男去离乡做巧匠，女留主家植桑麻。

田间倩影明星亮，阡陌柔姿煦日斜。

麦秀豆香秧苗壮，田畴碧绿似青纱。

若山诗词集

其二

夏雨浇开紫蓿花，黄粮收割紧农家。

炎炎烈日金麦浪，片片茌畴梱横斜。

耄耋磨镰还拢码①，髫童拾穗又端茶。

清晨拉运戴明月，过午翻耕披晚霞。

其三

秋露催黄野菊花，收藏果实喜农家。

天开云淡金风爽，权挥机喧笑语哗。

睦舍和邻相互助，强人弱妇老农夸。

千辛万苦丰收景，豆麦精良谷金沙。

其四

冬雪飞迎梅白花，亲人团聚乐农家。

长离才返须眉悦，久别重逢玉面华。

敬老珍稀蒙北品，赠妻锦绣浙南纱。

长相守望天伦谊②，其乐融融景象嘉。

二〇一五年三月二十一日

---

① 拢码，把麦梱整齐地码放在一起。

② 天伦谊，人伦大义。

026

七律·乙未仲秋酬寄凤城敦信友

山青水碧旧村庄，斗换星移着艳装。

玉阁危楼娆景象，畴川厂企异风光。

开源水引千家里，筑路车通八达乡。

他日归来应更好，同窗共叙话沧桑。

二〇一五年八月二十八日

七律·众学友再会崆峒雨后

九九重阳秋意浓，重温故事渭州① 逢。

南园丽景同欢趣，北巷佳筵共醉钟。

为览名山行雨步，因观险阁履云踪。

成仙② 不问何方往，独有天梯雾荡胸。

二〇一六年九月九日

---

① 渭州，平凉古称。

② 成仙，即广成子。相传他曾在崆峒山修道成仙，今留其修道处"广
成洞"。4，天梯，即上天梯，去往崆峒山最高建筑群遑城的石阶，
极陡险，故名。

七律·故里农事

雷雨频繁四月忙，绵衾夜冷瓦晨霜。

清明不见桃花艳，谷雨未闻林草香。

回日田畴种豆粟，归时园圃植梨桑。

闲云野鹤任来去，一片痴心在故乡。

二〇一七年四月二十七日

家乡夏日（三首）

七绝·其一

故里青堂瓦舍家，香椿郁茂北山斜。

蕾葩数朵同枝发，艳抹浓妆月桂花。

二〇一七年五月十四日

七绝·其二

榆柳浓荫日影长，玫瑰风动满幽香。
闲看远岭云舒卷，静坐空庭读典章。

二〇一七年五月二十八日

七律·其三

村北青山南水绿，堆烟翠柳拂农家。
林荫草丛声声鸟，溪涧滩头处处蛙。
蝶逐平畴滴绿浪，蜂喧阡陌泛香花。
最是年中风景好，躬身农亩远浮华。

二〇一七年五月三十日

七律·退休欣获中华人民共和国教育部荣誉证 ①

乡校耘耕三十秋，黄金岁月志思 ② 酬。

长培绿李嫩芽秀，惯教红桃硕果优。

三尺坛台路漫漫，百花园圃乐悠悠。

生才百业千行里，解甲江湖泛扁舟。

二〇二一年三月

---

① 二〇二一年三月领取的由教育部、人力资源和社会保障部颁发的
"乡村学校从教三十年荣誉证"。

② 志思，情志，怀抱。

七律·游览八达岭长城

华夏奇迹立世雄，玉关天堑 ^① 冠寰中。

青春历览友人共，迟暮游观侣属同。

近赏联山翠叠岭，遥看耸堡碧长空。

登城更上险坡段 ^②，欣仁高峰望 ^③ 不穷 ^④。

二〇二一年七月八日

---

① 玉关天堑，古时八达岭长城是居庸关八景之一，称其为玉关天堑。

② 险坡段，即八达岭长城北段"好汉坡"，因该坡段极陡险，意谓登
上此坡，即为好汉。其名取自毛泽东《清平乐·六盘山》词句"不
到长城非好汉"。坡顶端立有书此词句的石碑。

③ 高峰，指八达岭长城第一高峰，即北段八楼。

④ 不穷，无穷。

七律·八达岭长城登咏

极望边垣楼堠^①关，似龙盘亘紫微间。

蜿蜒万里通今古，精固千秋峙宇寰。

戈止兵休烽火息，疆开域拓北门闲。

张灯结彩居庸^②秀，耸绿飞红幽燕^③斓。

二〇二一年七月十二日

---

① 堠，古时瞭望敌情的土堡。

② 居庸，即居庸关。

③ 幽燕，今河北北部及辽宁一带的古称。

七律·谒孔府纪念孔师

炎序清和泗水①花，墨香古韵圣尊家。

儒门始祖泽昆裔，杏苑②先师惠际崖。

尚礼崇仁德施永，弘文③笃教④道传遐。

千秋万代同钦仰，继往开来兴中华。

二〇二一年七月十五日

七律·泰山探奇寻踪

攀岩猎异凌皇顶，近壑遥山一览中。

峭壁千寻势拔地，奇峰万仞欲穿空。

碑文透示先秦韵，刻石昭彰后汉风。

贤哲遗踪艰险路，来人络绎叩天宫。

二〇二一年七月十八日

---

① 泗水，山东曲阜泗水河。

② 杏苑，孔庙杏坛。

③ 弘文，弘扬益世文章或言论。

④ 笃教，竭诚于教育。

七绝·春

癸卯正月立春后连日大雪，又值新冠疫情高潮期过，忻忻然，赋诗一首。

纷纷琼花六合白，银装素裹入诗来。
东君遣发瘟神去，举世高擎祝酒杯。

二〇二二年二月八日

词

夺锦标·山

余先祖世代依山而居，靠山而活。余出生，成长和生活于山乡，后退居于山乡。有感于山，且情有独钟，因赋。

纵纵横横，绵绵亘亘，莽莽苍苍无尽。拔地通天直上，雾里云中，不高千仞①。历沧桑万古，经风雨、岿然沉稳。在人间、百态千姿，秀秘灵幽奇峻。

叠嶂层峦翠耸，郁郁葱葱，烟柳竹涛松劲。依势星罗村镇，绿掩人家，牛群羊阵。凭仁德载物，众生灵、蜂集云进。采飞扬、无限风光，坦荡情怀神韵。

二〇一九年六月二十日

---

① 不高千仞，即不以千仞为高。

行香子·随感

　　转瞬浮生，岁月红尘，几度风霜几多春。欲求云路^①，更索知真，对一孤灯，一苦痛，一腔情。

　　躬耕暇少，文事负重，任功名过眼烟云。流年^②难挽，晚照黄昏，但心犹明，梦犹在，意犹存。

二〇一九年七月十八日

---

① 云路，即古语青云路，比喻仕途、高位。
② 流年，流失的岁月。

遥台第一层·观光北京故宫

辛未冬初，余有幸进京参加由北京市语言学会，语文教学改革研究会举办"92年高考语文总复习研讨会"，会后游览了故宫、天坛公园、长城等名胜古迹，感触颇深，赋词以记。

金殿金龙，华奢极、皇都紫禁城。阁群层阙，洋洋洒洒，构筑恢宏。映辉生曙色，碧脊兽、黄瓦明莹。眺大观，正冬初秋晚，柏肃松森。

煌荧。红墙耸处，重门峨殿与深宫。玉栏琼雕，云龙丹陛，精美堪惊。嵌珠龙凤冠，世间稀、异宝奇珍。看陈迹，感中华民慧，五洲詟声。

一九九一年十二月八日

谒金门·天安门城楼盛赞

神往处，登临依稀天府。金碧荧煌琼殿宇，纵横金龙舞①。

雄伟庄严巍耸，誉贯全球今古。望壁环楼曾几度，兴怀而景慕。

一九九一年十二月十二日

---

① 纵横金龙舞，即天安门城楼厅堂纵横交错的梁枋上的金龙吉祥彩绘和团龙图案。

锦园春·天坛公园一览

古楼奇建，望祈年大殿，浩叹惊赞。攒顶鎏金[①]，叠圆檐煊烂。古稀今罕。撑檐柱、列排环转。拔地通天，荧荧蓝瓦，琉璃光焕。

平常图画旧见，向天坛高处，清识尊面。绕柱萦栏，赏凤飞龙旋[②]。观近瞭远，柏荫掩、宇亭廊院。欣履圜丘，层三倍九[③]，遐思千万。

一九九一年十二月十七日

---

① 攒顶鎏金，即鎏金攒尖宝顶。

② 凤飞龙旋，即沥粉贴金彩绘龙凤精美图案。

③ 层三倍九：圜丘坛共三层，第一层中心为一块圆石，称天心石，外铺扇面形石块九圈，内圈九块，以九的倍数以次向外延展至栏板，并以次直至底层。

江城子·登临八达岭长城

蜿蜒万里巨边垣[①]，穿群山，越荒原。绝壁横跨、巍巍入云端。锁钥[②]屏障雄伟峙，坚燧[③]垛，固楼关。

览胜未顾雪天寒，漫惊叹，慢登攀。历境深知、天险施工艰。世迹登临多有幸，情不已，绪难安。

一九九一年十二月二十日

---

① 边垣，即长城。见《明史·戚继光传》："蓟镇边垣，延袤两千里。"
② 锁钥，八达岭长城关门西门额题"北门锁钥"，是古时北京的屏障和关隘。
③ 燧，即烽燧，烽火台。

画堂春·天津宁园①

滢滢湖水小桥连，悠悠塔影云天。叠山层翠径堆丹，鹊鸣莺闲。

垂柳丝丝亭外，菊黄灿灿廊边。何能宁静问先贤，望远依栏。

一九九八年十月二十七日

卜算子·天津古文化街

艺园满琳琅，彩绘牌坊绚。流水行云似天然，假假真真乱。

苏绣景泰蓝，青社②年画板。古意盎然店铺堂，工艺声誉远。

一九九八年十月三十日

---

① 宁园位于天津市北站以北，其名取用诸葛亮《诫子书》句"非宁静无以致远"之意。

② 青社，即杨柳青画社。

河满子·塘沽港观海

　　纵目烟波万顷，海天一色蓝莹。渡远汪洋帆隐隐，启航鸣笛声声。击浪溅珠碎玉，风涛拍岸潮生。

　　渤海津门形胜，巨轮来往舟横。纳百川无垠浩瀚，有容鱼燕同生。且更登高望远，心驰神往曾经。

一九九八年十一月八日

鹊桥仙·婚礼之庆

　　桥成银汉，双青缔缘，街闹彩车新灿。高朋挚友贺珠联，合卺酒 ①、觥筹馥漫。

　　喜炮放红，绮花焰绽，娇艳博冠金钿。诗题红叶语同心，比翼飞、双双紫燕。

　　注：戊辰九月，我同妻海珠与妹及其夫有仓赴天津为外甥宝峰完婚，借机浏览了天津主要景点，可谓尽兴。

一九九八年十一月十日

---

① 合卺，旧时，成婚时的一种仪式，将匏瓜锯成两个瓢，新郎新娘各执一个饮酒，后以合卺指成婚。"

满江红·神舟六号载人飞船 [①] 航天圆满成功

神六腾飞，扶摇 [②] 上，破云雾穿。超神五、创新科技，两人多天。昼夜争分追北斗，兼程夺秒越广寒。向苍茫、变轨更层天，球宇环。

凭谁问，世人看。船舱内，宇航员。亮高风豪举，自若泰然。赤县 [③] 文明积淀厚，华胄 [④] 智勇更空前。待明朝，登月上星空，弹指间。

二〇〇五年十月二十五日

---

① 神州六号飞船于二〇〇五年十月十二日发射升空，同年十月十七日返回。

② 扶摇，急剧上升。见《庄子·逍遥游》："鹏之徙于南冥也，水击三千里，抟扶摇而上者九万里。"

③ 赤县，赤县神州的省称。见唐·杨巨源《寄昭应王丞》："瑞霭朝朝犹望幸，天教赤县有诗人。"

④ 华胄，华夏后代。见鲁迅《华盖集》："古人做过的事，无论什么，今人也都会做出来……况且我们是神州华胄，敢不'绳其祖武'么？"

如梦令·祭母（一）

戊子五月，母亲猝逝，悲痛至极，适天雨，更为凄苦，以词寄哀思。

隘路悬崖深谷，惨淡阴云母独。采墓去西山，泪苦雨愁潸服。凄蹙，凄蹙，异世逝萱同孰？

二〇〇八年七月三日

天净沙·祭母（二）

夕阳暮霭归鸦，寂堨幽壑断崖。母冢灰烟果茶，哀思切切，不尽风木①残花。

二〇〇八年七月六日

---

① 风木，喻父母亡故，不及侍养的悲伤。见宋·刘宰《分韵送王去非之官阴得再字》："桃李春正华，风木养不待。"

满江红·开幕式

——二○○八年北京奥运会赞

灿烂辉煌，主会场、天上世间。乐声起、银星闪烁，仙女翩跹。曼舞琼妆赞发展，高歌丽曲颂文明。缶管弦、霓彩交相辉，绝宇寰。

烟花绽，五星昇。展太古，现千年。电色光幻变，无尽奇观。气势恢宏惊世界，人文智慧写新篇。正五环、猎猎飘京都，体梦圆。

二○○八年八月九日

西江月·中国女排夺冠

飒爽英姿巾帼，红艳素妆女排。赛场全力展奇才，万众震天喝彩。

连克世强酣战，争光为国情怀。五星高挂领奖台，誉满神州奏凯。

二○○八年八月十五日

渔家傲·中国男女乒乓球队联冠

手握球拍千钧力，赛场横扫谁能敌。雄据乒坛多佳绩，创奇迹，蝉联冠军声誉极。

北奥从头重搏击，中华健儿今非昔，团单奖牌全揽集。好消息，国人欢跃江河激。

二〇〇八年八月二十日

丰年瑞·北奥会闭幕式

群英连日竞技，其能尽显锋芒露。越超极限，开创奇迹，异军突出。百博曾经，夺金争冠，梦追名著。盛会播佳音，秀绩辉宇，世瞩目，青简赋。

壮美恢宏庆典，鼓喧天，琼花无数。乐声响彻，国旗林立，五洲聚处。玉树祥云，欢呼雷动，高歌狂舞。五环旗交接，传奥运神，世谊情愫。

二〇〇八年八月二十八日

醉花阴·山桃花

残雪微云风料峭，舞连天衰草。初放小山桃，空谷荒郊，红染春情闹。

招蜂引蝶迎春早，笑待群芳到。娇艳为谁知，零落归望，果硕新芽俏。

二〇〇九年三月十五日

踏莎行·春游

湜湜渝河，淙淙款款，银波曲练明灭见。遥遥十里柳如烟，比飞紫燕黄莺啭。

信步悠然，埂畴行遍，浅红深紫蜂蝶乱。豆枝只解惹东风，丽花摇曳香迎面。

二〇〇九年三月二十九日

蝶恋花·清明节

风雨几经归宿处，烟柳飘絮，不觉春将暮。万紫千红清明路，新桃青杏盈盈树。

往事韶华烟云去，尘掩书棂，无计理文牍。病榻离情无尽苦，且将此绪移笺素。

二〇〇九年四月四日

留春令·感兴

柳丝飘絮，杏桃英落，潺潺逝水。海燕归来语堂前，诉不尽、途中事。

别去书院曾羁住，留春培桃李，春去无兴理黄笺，旧案有、残烛泪。

二〇〇九年四月十日

鹧鸪天·春雨

晨雨殷勤情独衷，润开丹桂别样红。衔珠绿叶晶莹透，蓓蕾琳珑现本真。

川清秀，树风流，楼台瓦舍与新同。晚风过处微寒意，文苑撷英听玉琤。

二〇〇九年四月十九日

苏幕遮·思忆

少年时荒滩，今辟为良田，晨灌，慨然而作。

艳阳天，芳草地，汩汩渠流、清润嘉禾翠。花蕊盈盈枝叶醉，郁郁芬香、尽在轻风内。

绿荫中，追往事，年少欢娱、历历清波里。扑蝶嬉戏游牧处，稷代荒沙、水墨丹青绘。

二〇〇九年六月四日

蝶恋花·惜春

春去留春都几许，天碧风轻，串串榆钱树。布谷声声啼翠柳，萋萋芳草阡陌路。

麦秀豆华畴绿处，花乱香融，有意招人住。奋耕青牛斜阳里，无改时令任朝暮。

二○○九年六月六日

卜算子·槐花

刺槐树，状貌平平。花期，蕾成串，特繁密，花洁白，异香带浓蜜味。树周群蜂飞舞盘旋，如恋其窝状，嗡嗡声数十步外不绝于耳。花芯中蜂密密麻麻，蠕蠕而动，黄蕊满身。见状奇，记之。

舍外路坡边，苍翠洋槐树。蕾似玑珠白绢花，枝佩重重璐。

争蕊群蜂忙，乱蝶留恋舞。朵朵奇花引诗兴，只为异香故。

二○○九年六月八日

乌夜啼·祭奠父亲

庚寅十月，羸弱父，于感风寒痊愈之后第三日去世。何以如此？呜呼！悲哉！痛哉！

严节凋黄落，衰木瑟瑟寒声。别家慈父归天去，孤影苦伶仃。

无尽哀愁难抑，万般不舍离情。身心交瘁非常事，劳苦到终生。

二〇一〇年十二月一日

浪淘沙·会学友瑜

执手话春风，向鬓霜容。绿杨垂柳隆城中，便是当年攻读处，寒暑同衾。

雨骤亦风凶，遗憾无穷。高山流水各西东，更那堪残年晚景，聚散匆匆。

二〇一一年四月二十五日

临江仙·梦

学院旧堂灯火晟，座中三挚同庚。儒朋高论笑吟吟，案头书卷处，雅友语盈盈。

骤雨敲窗风拂栋，惊断好梦三更。喃喃坐起嗔几声，华年多少事，无限故人情。

二〇一一年四月二十八日

好事近·喜知璟高考上榜

六月百花香，万紫千红争艳。天朗风轻气爽，遍山深绿染。

电波高考喜频传，金榜秀名点。上进九零才俊，畅畅欣难掩。

二〇一一年六月二十八日

更漏子·乔迁新居

祝山^①青，渝水碧，鳞次栉比楼立。坊靓丽，画廊长，亭环花草香。

松柏翠，金湖美，兰庭粉装紫缀。盈画意，满诗情，乔迁新悦生。

二○一一年九月十三日。

忆秦娥·晨练见闻又感

钟声悦，东城萦绕东方乐。东方乐，万家灯火，满城春色。

太极拳术运寥廓，中华剑舞豪情著。豪情著，雄才大略，剑魂民魄。

二○一一年十二月十二日

---

① 祝山，即祝灵山。

琐窗寒·雪

怕冷偏逾，隆冬尽处，朔风寒簌。浓云垂幕，六出奇花飞舞。有宿情、白雪公主，纷纷扬洒装寰宇，盖寒山瘦水，银妆万户，粉塑千树。

且住。登高处。正漫漫皑皑，晶莹洁素。山如玉簇，川似白银铺渡，柏竹松，翠叶白花，天成水墨佳画谱。好河山，四季依然，美景诗文赋。

二〇一一年十二月二十四日

齐天乐·辛卯除夕

纤云收雪花休舞，山川一衣莹素。夕照银辉，徐风和煦，童闹嬉皑皑处。炊烟弥馥，正喜庆年夕，院庭红赋。焰竹繁喧，普天乐一夜村鼓。

今朝又歌新谱，更霓裳曼妙，韵美屏幕。蜡炬摇红，香烟袅袅，灯璐清辉如昼。家筵国酒，满堂共芳樽，乐如天府。丽彩流天，迎神龙①再舞。

二〇一二年一月二十八日

---

① 神龙，即神州龙。

清平乐·壬辰贺岁

　　江天万里，红炮声声脆。彩溢光辉苍穹丽，水笑山欢贺岁。

　　山村点翠飞花，太平狮闹千家。春官^①联珠妙语，旱船满载豪华。

二○一二年二月三日

忆秦娥·六盘山

　　东风烈，春阳融断关山雪。关山^②雪，溢香播翠，硕花繁叶。

　　碧涛万顷松杉叠，陇峰一曲齐天乐。齐天乐，泾河琴韵，渝水^③歌诀。

二○一二年三月十三日

---

① 春官，指西北民间社火活动中的一个角色，该角色一般会手执羽扇，
　边走边喊吉祥押韵的春官词。
② 关山，即六盘山，本地人叫关山或官山。
③ 渝水，即渝河，泾河与渝河均发源于六盘山。

千秋岁·霜晨

　　浓霜铺地。信步清风里。微曙熹，柔光丽。悠云棉舒薄，轻雾纱笼细。山环立，雅素清逸撩人意。

　　玉缀松冠翠。银饰柔柳媚。翎锦啭，松鼠戏，江山如画卷，巧手添妙笔。林深处，嘹歌一曲穿峨壁。

　　　　　　　　　　二〇一二年三月十六日

摸鱼儿·春草

雪融残、寒风料峭，迟迟严节归去。嫩黄才上梢头柳，草已绿连蹊路。从不误。无语息、天涯海角芳容露。黛山著翠，巉岩隙生青，寂幽荒漠，茸茸绿茵附。

离离草，不择长生沃土。展延春意无度。狂风暴雨纵经尽，质朴淡定如故。君不见，艳丽处，萋萋碧草迎风舞。离情最苦，托别恨愁思，芳姿又在①，墨客画诗赋。

二〇一二年三月二十七日

---

① 古人以芳草的无边无际比喻离愁的无穷尽。如唐、杜牧《池州送前进士蒯希逸》诗"芳草复芳草，断肠还断肠"，又如李煜《清平乐》词"离恨恰如春草，更行更远还生"。

蝶恋花·山村仲春

云淡悠游峦苍莽，郁郁林木，桃杏红芬漾。溪水潺潺茵草长，田畴豆麦青青旺。

橙紫赤蓝黄绿绛，村舍斑斓，错落绿云徬。蜂忙花丛风絮语，鸽咕燕舞金鸡唱。

二〇一二年五月二十三日

满庭芳·隆德县六盘山文化城 ①

街巷风光，天桥画韵，宁楼层阁轩昂。台亭妙趣，栏曲绕长廊。艺苑古香古色，临渝象 ②，水碧山苍。春风里、朱门翠柳，满目皆华章。

一城文墨味，格高牌匾，气峻斋堂。漫见得、楹联翰墨盈香。片纸写生山水，丹青画，艳丽流芳。传神笔，书奇绘异，源远巨流长。

二〇一二年六月二十日

① 隆德县于 2008 年 4 月被中国书法家协会命名为"中国书法之乡"。
② 渝象，即渝河与北象山。

瑞鹧鸪·乘机见思 ①

凤城离别机扶摇 ②，穿云邃上九层霄。逐日西飞去，一碧苍穹极目寥。

斜阳朗照晴方好，尽观足下云飘。最好似画河山，晚霞姣，华族科技节节高。

二〇一二年七月二日

相见欢·筵聚

香盈玉盏情浓，一相逢，岁月老人 ③、华发对纹容。

不由醉，长思泪，远难重。最是企望、来岁再酬盅。

二〇一二年七月五日

① 壬辰夏日，余与妻袁海珠同次子翰卿乘机前往新疆探亲，借机游览了西域戈壁、天山及名城乌鲁木齐，了凤愿，倍感幸运。

② 扶摇，盘旋而上，见宋·范成大《此韵赵正之客中》"君自扶摇有霄汉，从渠蜩鹨舞蒿莱"。

③ 老人，使人老。

小重山·乌鲁木齐红山公园一观

　　红塔丹山映日西，旧时名景一，现今奇。禅林观院古来遗，成群落、荟萃构精微。

　　花草正芳萋，任狂歌伫立，石麟碑①。层楼远眺更神怡，天山翠、市丽一观迷。

二〇一二年七月八日

风入松·天山游兴

　　天山千里亘陲边，雪耀银巅。慕名行远登临半，路岖蜿，松翠遮天。绿草茸茸湾谷，羊群马匹包毡②。

　　嫣红蓝紫培栽园，异树花田。天池神话当年事，到如今，开放温泉。似画村畴戈壁，一望无际粮田。

二〇一二年七月十日

---

① 石麟碑，清林则徐，字石麟。石麟碑是纪念林则徐的石碑，"任狂歌醉卧"为碑词中句。

② 包毡，蒙古包。

清平乐·佳音①

时逢端午，戈壁明珠住②。节去俱知难来处，名酒珍馐香户。

是日窃喜谁知，长孙高考意随。深信后生上进，有人在继何期。

二〇一二年七月十五日

烛影摇红·教师之夜

明月涓涓，星寥寥寂声银汉。清风筛影夜阑珊，帘掩窗开半。总是孤灯相伴，更钟声，嘀嗒催倦。几堆桌满，作业书卷，浓茶香散。

不是无眠，提神饮茗良宵短。学生习作百花园，红笔耕耘遍。伏案凝思聚见，尽心知，谋成教案。凭窗遣倦，岑寂校园，玉壶③光浅。

二〇一二年七月二十八日

---

① 佳音，玮考取北京化工大学。

② 奎屯素称"戈壁明珠"。

③ 玉壶，喻指月亮。见辛弃疾《青玉案·元夕》词句："玉壶光转"。

2012年伦敦奥运会上中国队激情澎湃，斗志昂扬，神勇顽强，技术高超，忘我付出，百折不挠。用生命之顽强与坚韧，演绎出许多精彩之瞬间，创造奇迹，成绩辉煌，感人至深，填词颂扬。

渔家傲·射击队与射箭队获首金

奥运圣火燃灿烂，群雄竞技初开战，意气高昂冲霄汉。超极限，全能一搏摘金冠。

中国军团高技显，龙衣^①巧发不凡箭，奇中靶心弹孔乱。沉甸甸，首枚金牌收堪赞。

二〇一二年八月二十八日

---

① 龙衣，绘有金龙图案的中国体育代表队员队服。

兰陵王·乒乓球队联冠

挥球拍，力重千钧棒落。球来往，案上飞梭，历挫群英世人愕。名誉悉数获，新乐，频频过却。亚洲赛，奥运夺锋，稳坐乒坛霸主座。

新手老将约，共自我超越，神勇如昨。顽强沉着又果决。弧旋球风快，扣如箭疾，高能超技对力薄。皆明星人物。

开拓，炎黄客，正参赛伦敦，龙服绚若，巅峰对决淋漓搏。更赛馆声浪，激河荡岳。全收奖牌，大满贯，功著卓。

二〇一二年八月三十一日

好事近·击剑队首次获奖

剑客在何方，跻于世体坛上。佩剑军团随去，赛场伊侗傥。

中华剑术施神威，气势更如昨。首秀所向披靡，舍我其谁奖？

二〇一二年九月三日

减字木兰花·羽毛球队成绩辉煌

体坛人物，奥运蟾宫折桂客。拼搏网前，劈扑羽球飞似鸢。

金光闪烁，五项目金牌皆夺。捷报频传，不朽功勋史册镌。

二〇一二年九月五日

谒金门·田径队

强手会，冲击金牌拼比。大步流星风卷地，跨栏龙跃起。

起跑如弦箭离，造极登峰惊异。身有独门世绝技，飞人创奇迹。

二〇一二年九月六日

西江月·游泳队

体队风旋席卷，全员鱼跃龙腾。放开一搏是精英，酣畅淋漓夺胜。

水道超人速泳，冲波击浪堪惊。难能年少得双金，誉满全球庆咏。

二〇一二年九月八日

一翦梅·女子排球队

颜玉梅姿柳叶眸，大赛全球，技高一筹。群英大会逞风流，拔其之尤 ①，对手堪忧。

巾帼英姿铁拳头，酣战筹谋，力挫群柔。获金更上一层楼，佳绩誉收，功著千秋。

二〇一二年九月十二日

---

① 拔其之尤，意为提升自己的特长。

东风第一枝·残疾运动队竞技争金

觅异何方，涟漪泳道，浪花簇拥无臂。赛场悦耳球铃，盲足射门跃起。轮椅代步，栏下争、投球中意。网案^①前、挥拍球飞，轮椅往来扣劈。

叹观止，单腿离地，跳竟越、一米九四。失明跳远争金，一路狂奔无据^②。天使折翅，敢挑战、流年命理。趁春时、见证顽强，创造世间奇迹。

二〇一二年九月十五日

忆秦娥·壬辰除夕

烟竹烈，喧天鼓乐中华节。中华节，普天同庆，九州歌彻。

霓裳曼妙华灯澈，合家守岁团圆夜。团圆夜，共饮琼液，一庭音迭。

二〇一三年二月十二

---

① 网案，即羽毛球网与乒乓案。
② 无据，没有依靠、凭借。

渔家傲·壬辰新春

又是一年春来早，雪残日暖冬容老。黄浅悄描杨柳杪，徐风里，绿嫩遍染向阳草。

火树银花年夜娇，流光溢彩琼霄闹。狮舞龙腾迎新晓。人欢笑，神州处处春光好。

二〇一三年二月十五日

东风第一枝·山桃杏林

大地春回，荒郊梦醒，千芳万绿相召。悄上草树梢头，山桃蕾娇萼妙，团团点点，红粉染、寒山衰草。遣寂寥、风送香漫，正惹蝶嬉蜂闹。

芳淡淡，粉痕渐少。果累累、探头露角。惹来沓杂鲜花，万紫千蓝覆道。迟迟青杏，争春色、蕾红花姣。遍原野、绿海红云，纵是画图难好。

二〇一三年三月三日

鹧鸪天·咏左公柳

独步城东思左公，参天古柳色浓浓。缕痕一树经沧桑，隆疤同躯写雨风。

飞燕绕，鹊合鸣，黄莺婉转绿荫中。前人早已随时去，纳凉孩童与妪翁。

二〇一三年三月八日

沁园春·唐徕渠公园觅迹

百里长堤，白玉雕栏，花鸟凤龙。凭栏凝眸处，泛泛黄绢，波平汶静，款款从容。翠柳垂绦，拂风抚水，长舒轻柔依故翁。曾相识，和鸣轻俊燕，剪水穿荫。

凉亭，绝妙丹青。笑语欢歌悠扬笛声。步绿荫小道，闲散人老，三三两两，鹤发松风。花径飘香，茏葱万木，弄舌麻雀儿噪松。流连处，又匆匆过客，忘了归踪。

二〇一三年五月二十六日

醉太平·长城花园西区新居

朱楼耸空，蓝天彩虹。雕龙琢凤廊亭，看黄莺啄红。
曲径草葱，丹玫碧松。虹桥奇石华灯，听涓涓水声。

二〇一三年五月二十八日

瑞鹤仙·中山公园掠影

正欢声涌动，管弦曲清扬，丽歌甜润。陶醉乐情奋，
舞裙飞旋伴、轻盈倩影。不禁忍俊，喂白鸽，童真趣嫩。
又声声、悦耳秦腔，婉转穿林回韵。

无尽，湖心荡桨，笑载兰舟，空愁不稳。心随目送，
虹桥远、小亭近。恰风平波静，波光粼碧，翠柳婆娑弄影。
喜荷花、绿叶田田，淡香隐隐。

二〇一三年五月三十日

临江仙·中山公园与蔚生、国英学友邂逅

丽园丁香芬馥散，梅花开处泛红。苍松翠柏更荣葱。修竹繁叶碧，不觉已春深。

竟学业长离邂逅，温声笑语亭中。同心共语话相逢。寒窗多少事，历历总情浓。

二〇一三年四月十三日

忆秦娥·故乡

春光媚，花香鸟语家乡美。家乡美，青堂瓦舍，秀山粼水。

绕村满目田畴翠，山川锦绣乡亲醉。乡亲醉，风调雨顺，富年丰岁。

二〇一三年六月二日

水龙吟·苦雨

癸巳盛夏，淫雨霏霏，时大时小，时断时续，七昼夜。雨势之大，雨量之多，实属罕见，屋漏，墙塌，村巷积水。苦不堪言。填词以记。

山川晨起低迷雾，蔽日雨帘才剪。风烟滚卷，浓云密雨，顷盆倒罐。谷沟轰鸣，泥浆湍急，溪河洪漫。更不堪麦豆，风摧雨损，倒平地、香魂断。

昼夜弥天昏暗，总霏霏、乍歇还返。漏梁透瓦，毁垣坏壁，淖村水院。困柳烟浓，摧花红浅，燕归蜂懒。陌庭多忐忑，无眠翘盼，朗星银汉①。

二〇一三年七月十六日

---

① 银汉，即银河。见宋苏轼《阳关词·中秋月》："暮云收尽溢清寒，银汉无声转玉盘"。

行香子·暮秋感怀

碧水悠悠，荡影流云。正秋风老柳寒枫。斜晖清冷，缥缈鸣鸿。怅园中菊，闲中我，病中容。

沧桑岁月，匆匆如梦，任沉浮风雨重重。怎如浅叹，落叶归宗。赏古时文，圆时月，现时农。

二〇一三年八月二十八日

离亭燕·校外随感

猎猎五星高挂，琼阁玉楼如画。姹紫嫣红齐竞艳，绿柳矫杨争拔。学子正风华，活跃新篮环下。

喜看蕾葩荣夏，为退归闲暇。几多陈年新旧事，尽送风儿飘洒。秉烛炬丹心，三尺讲台教化。

二〇一三年九月六日

踏莎行·重阳节

佳节重阳，晴空万顷，九天湛湛闲云隐。骄杨弱柳醉清秋，红枫黄菊声容静。

无限江山，千秋胜境，重重直上观佳景。苍峰黛岳振翼鹰，渺闻征雁鸣空阵。

二〇一四年十月三日

忆秦娥·秋暮

秋萧索，霜风急雨红玫落。红玫落，香消翠损，折枝残萼。

路边水畔黄花著，远山一字征鸿越。征鸿越，衡阳①万里，西山日薄。

二〇一四年十月四日

---

① 衡阳，即湖南衡阳，古人认为是大雁的出生地。

谒金门·三山公园暮秋

清晨起，漫步三山园里。翠柏红衢黄叶地，柳丝撩碧水。

霜染环山绚丽，聊引诗情浓趣。牌榭丹青工写意，谁吹风韵笛。

二〇一四年十月八日

清平乐·凤城中秋夜

今秋北国，皎洁冰盘月。复伴云衢分秋色，遍洒银辉九陌①。

凤城清夜华颜，银花火树斑斓。赏月观菊欢宴，良宵共祝团圆。

二〇一四年十月十一日

---

① 九陌，指城市大道和繁华闹市。见唐骆宾王《帝京篇》："三条九陌丽城隅，万户千门平旦开"。

更漏子·深秋初雪

隐晨星，垂天幕，渐冉①雪花飘舞。街静寂，路茫茫，玉楼晶莹妆。

枫装素，松披絮，黄落褪红林圃。观雪景，赏菊香，朔风冷画坊。

二〇一四年十月十四日

吴山青·霜晨漫步

踏晨霜，步霜晨，渝库滢滢秋意凉，柳丝弄影长。望山乡，恋乡山，龟象②斑斓秋色装，谷含幽菊香。

二〇一四年十月十五日

---

① 渐冉，逐渐意。见南宋鲍照《拟行路难》："流浪渐冉经三龄，忽有白发素髭生。"

② 龟象，渝河两岸的龟山和象山，六盘山支脉。

吴山青·盘山览胜

登六盘，眺山峦，莽莽横亘云海间，攀峰入云端。
游名山，赏林园①，奇木怪岩别样天，松涛涌碧澜。

吴山青·览萧关

险萧关，固萧关②，雄峙秦唐扼塞边，风云毁垣残。
山连环，水连环，峻岭奇峰林海间，翠峦丝路盘。

二〇一四年十月十八日

---

① 林园，六盘山国家森林公园。
② 萧关，位于宁夏固原市东南，历史上著名关隘之一。

吴山青·览三关

汉三关,宋三关①,万马曾经鏖战酣,升平烟锁闲。

云悠悠,水潺潺,林木芊芊众鸟喧,遗墟新景翻。

二〇一四年十月二日

临江仙·隆城古柳公园一游

似画园林凭悦目,一泓碧水清心。鳞波莲荡也怡神。

廻阡幽雅处。清菊更迷人。

汉玉长廊环画栋,雕栏水榭塘新。丹青写意蕴诗文。

红枫依绿柳,同绚一秋春。

二〇一四年十月二十一日

---

① 三关,即古代西越六盘山的六盘关,南越六盘山的制胜关,北出塞外的瓦亭关。据此三关为东进关中之口,人称三关口,地当六盘山峡谷弹筝峡。曾是历史上的战略要塞。

浪淘沙·暮秋雨夜

绵雨锁深秋，天海云稠。如帘入夜再难收。小院老椿风叶冷，帘动飕飕。

旧事枉回眸，空惹新愁。几经风雨骤乡畴。落叶归根恋故里，眉上心头。

二〇一四年十月二十四日

忆秦娥·雁

秋分晚，南乡情系南飞雁。南飞雁，归心似箭，万难难断。

朔风萧瑟秋阳短，千山云卷衡阳远。衡阳远，峰①高云淡，水乡冬暖。

二〇一四年十一月二十六日

---

① 峰，即湖南衡阳旧城南回雁峰，相传雁至此不再南飞，故有"雁不过衡阳之说"。南北朝庾信《和侃法师三绝》有诗句"近学衡阳雁，秋分俱渡河"。

西江月·山城月夜

长夜碧空明净，月华似练柔盈。溶溶散落一城明，似梦霓虹淡定。

台阁楼宇宁静，浮光流彩珑玲。喧嚣散去步流银，斑驳清风筛影。

二〇一四年十一月二十九日

踏莎行·咏雪

玉屑新妆，菱花再挂，千枝万叶玲珑架。苍松翠柏白黄花，相谐成趣皆诗话。

玉洁冰清，钟灵造化，冬云又绘莹灵画。千山雪润发春花，冰融万水兴秋夏。

二〇一四年十二月二十三日

清平乐·元旦

冬阳和丽，云淡轻风煦。莺舞鹊歌新年意，唤取归来同喜。

辞旧交错樽盅，迎新琼焰绽红。鼓乐喧天盛景，泰开华夏昌隆。

二〇一五年一月三日

如梦令·新年随感

岁经严冬炎夏，景历菊幽荷雅。多少好年华，尽付杏坛培化。闲暇，闲暇，迟暮病容霜发。

二〇一五年一月五日

诉衷情·故乡新村情怀

朱门麟脊彩瓷墙，广厦琉璃光。普通百姓人家，丹桂院，亮华堂。

思旧貌，看新装，畅心房。赋闲归里，再做田郎，重事农桑。

二〇一五年一月十日

清平乐·过年

其　一

神州祥瑞，喜炮连声脆。天宇琼花瑶草粹，昼夜鼓酣人醉。

溢红流彩乡家，灵狮劲舞生花。高跷丑生净旦，彩车漫载荣华。

二〇一五年三月十日

临江仙·过年

其 二

　　焰火喧天天灿烂，村锣乡鼓隆隆。炊烟香散院彤彤，正张灯结彩，香烛摇堂红。

　　妙舞丽歌春晚闹，玉颜笑对花容。至亲骨肉聚情浓，万家欢庆宴，共饮乐融融。

二〇一五年三月十二日

摊破浣溪沙·郊游

　　浅碧淡妆柳杪新，翠柏葳蕤茁芽萌。萋草芳花竞华色，正春浓。

　　林荫香阡多惬意，听莺望燕也欢兴。绿水青山涵画意，蕴诗情。

二〇一五年四月二十六日

临江仙·山城夜色

暮色龟山同觅胜，西天一抹彤云。霞光灼灼日熔金，山山归鸟尽，轻霭渐层林。

隆镇①南屏东峻拱，万家灯火通明。流光绚丽宇楼群，似图如画景，丝路锁钥城。

二〇一五年四月二十八日

长相思·乡山

越东山，眺东山，群岭逶迤环六盘，丛林春鸟喧。

近峰峦，远峰峦，漠漠重山连九天，黛峰紫翠烟。

二〇一五年四月二十九日

---

① 隆镇，即隆德县城，属城关镇所辖。其城北依象山，东临六盘山主峰，南屏龟山和祝灵山，高山峻岭环拱。因其位于六盘山西麓，东望关陇，故有"关陇锁钥"之誉，亦是古丝绸之路上的主要城镇。

调笑令·秋菊夏香

室植黄菊一盆，秋天花后，怜其枝繁叶茂，未剪老枝，至翌年夏日，结蕾著花数朵，其花形、色、香、时长，均与秋时无异，甚喜，戏填词一首。

娇艳，娇艳，欹枝卷丝柔瓣。黄鲜绿嫩香繁，寒菊炎天现坛。坛现，坛现，秋菊夏荷并绚。

二〇一五年五月二十日

相见欢·合家六盘山之旅

嫣红绿黛迎眸，假方休，三代同筹、山里驱车游。

坎坷路，断难阻，是情投，别有几般、乐趣在心头。

二〇一五年七月七日

天仙子·谒北联池

雷泽①龙腾传视听，北乱灵湫访古胜。环山为岸九莲峰，青岚净，花木盛，青翠葱茏香满径。

池水涟漪云鉴影，圣洁润灵如玉莹。龙兴②符瑞③启文明，华夏兴，恩泽永，钟磬声声长祭敬。

二〇一五年七月二十三日

谒金门·访伏羲崖④

崖壁峙，索链天梯悬倚。丹岩峥嵘山异丽，云生岚气起。

巉峻仙人洞里，香火氤氲仙气。敬始祖虔诚拜祭，祈祥频顶礼。

二〇一五年七月二十四日

① 雷泽，北乱灵湫，皆北联池古名称。
② "龙兴"句，见《北联池旅游景区简介》："据史书记载，华胥氏履大人迹于雷泽，而生伏羲……"。
③ 符瑞，吉祥的征兆。
④ 伏羲崖，北联池北二里许，有一峭壁丹崖，人称伏羲崖。其高处有石洞两个，传为伏羲生活过的地方。

临江仙·老龙潭

　　峭壁险峰峦叠嶂，悬崖怪石奇松。嶙岩冷峻峡邃深，老龙何处留，千载遗空宫。

　　树影婆娑潭碧滢，波光潋滟粼粼。天成幽境鬼神工，龙潭飞瀑布，出峡永流东。

二〇一五年七月二十五日

虞美人·野荷谷野荷

　　玉荷婷立何塘浦？长峡深深处。危峰对耸一线天，崖壁叠青拱翠绕岚烟。

　　溪涵伞叶田田碧，雾沐团花素。天生繁衍伴青苔，清雅淡香脱俗芊芊开。

二〇一五年七月二十五日

踏莎行·青藏高原之旅 ①

　　追逐西阳，风驰电掣，高原秀色天涯接。广漠浑厚野茫茫，云迷雾漫峰峦叠。

　　西域风光，诱人少歇，风清气爽心神惬。翠山碧树草如茵，黄花油菜幽香澈。

　　　　　　　　　二〇一五年七月二十七日

洞仙歌·瞻西宁悬空楼

　　残阳晚照，丹壁恰明丽。灵殿堂皇夕辉里。土楼山、翠黛掩映神奇，岩突出、悬托古楼高起。回廊迂栈道，拾级陡危，访胜登临实非易。探险有何惧，凭阁临空，楼层迭、依山贴壁。名实符、悬空寺空悬，露天雕金刚，普天能几。

　　　　　　　　　二〇一五年七月二十九日

---

① 乙未假期，余全家及婿昌一家驾车三辆出游于青藏高原，一路为异域他乡壮丽景色及名胜古迹所吸引，见平生之所未见，赏平生之所未赏，幸甚！

锦缠道 · 游青海湖

路尽天涯，天水接处奇景。碧悠悠、波光云影，水天一色空灵净。浩渺鳞鳞，碧澄 ① 漾漾锦。

欲临湖纵情，湖心行艇。绿莹莹，溅蓝飞翠。尽迷人、天地钟神异，骋怀游目，远近岚光岭。

二〇一五年八月二日

卜算子 · 故乡秋夜

入夜拂风轻，云散莺鸠静。琼宇高寒一轮明，依约蟾桂影。

村外树堤幽，渠水婆娑映。竞喉蛙声散入风，独步秋香径。

二〇一五年八月九日

---

① 碧澄，湛蓝的水波。见元·王恽《醉歌行》："湖光照眼明罗绮，碧澄瑶翻歌扇底。"

满庭芳·镇北堡影视城一游

古堡残垣，浑朴边镇，朔风猎猎旗旌。沙场远景、塑铁骑雄兵，影现明清征战，更彰显、华夏争雄。有多少、籍传国粹，成影五洲屏。

繁华商舖市，一条街巷，艺品珑玲。古迹红楼阁，点废成精。豪宅纷呈新景，入画里、殊变堪惊，流连久、观今望古，塞北览风情。

二〇一五年九月八日

风入松·银川绿博园博览

彩绘园林锦门迎，凤舞祥云。绚红鲜绿奇千万，一园馆、一地风情。百态千姿盆景，异花荟萃香凝。

牡丹华艳自留春，醒目温馨。伸丝舒瓣珠蕾菊，正当时、霜序扬菁。四海季花同放，神州园艺争荣。

二〇一五年九月十八日

渔家傲·风情文化节之夜

辉绚闭月虹彩地，金丝街柳弄妩媚。晶轩莹亭荧煌佩，弦管汇，高歌狂舞时装丽。

食美货奇声誉继，琳琅满目回乡艺。人醉彩飞光流里。同联袂，中阿盛会丝路启。

二〇一五年九月二十二日

诉衷情·凤城秋雨后

秋风萧飒丽千山，万木染斑斓。缤纷霜叶如醉，尘不染，舞翩翩。

烟雨过，日西天，又闻归雁，塞上云端，去岁今年。

二〇一五年十一月一日

一剪梅·秋兴

日暮飞霞一字鸿，淡淡秋光，细细金风，川南川北脆机声。学子莘莘，故道苍松。

秋老青椿谢芄葱，念玫凋红，看菊黄浓。但归两袖清秋风，寒暑更新，乐在其中。

二○一五年十一月六日

天仙子·送寒衣

风卷严霜凌朔北，叶落草枯飞雪白。山寒水瘦雁声哀，临柳陌，伤衰色，凄冷萧疏心恻恻。

思念故亲人世客，奉送寒衣仙逝魄。音容去状眼前浮，纸灰瑟，涔泪落，人世天堂阴阳隔。

二○一五年十一月十三日

清平乐·元旦

扬扬雪霁。清晓无云翳。天兆瑞象年更替,曦映千家门第。

去陈掸秽除尘,迎新登远望峰。粉黛松青竹翠,塬桓矫健苍鹰。

二〇一六年一月三日

临江仙·乘机海南行 [①]

破雾穿云霄汉去,银鹰展翼蓝天。严冬作别北方寒。朝晖光彩焕,凭眺心怡然。

飞掣 [②] 云海千顷浪,芥观寰宇山川。碧波万里绿畴田。咸阳飞海口,弹指越三千。

二〇一六年三月十六日

---

① 乙未腊月中旬,余与妻、长子翰元及其媳红芳、女璟、子玮,与许行军一家随旅游团赴海南旅游,历时七天,游览了南疆山水名胜、古寨村落,尽情领略了南疆风土人情及古今文明,感触极深。

② 飞掣,迅速飞去。见杜甫《去矢行》:"君不见 鞲上鹰,一炮则飞掣。"

南乡子·雨中海口

楼榭荡轻烟，密密丝丝织雨帘。薄衫人流花绿伞，滨南，冷气来袭不觉寒。

粤语交流难，瓦舍骑楼①两处天。街树椰风累果悬，嘉园，滴翠堆红巨榕盘②。

二○一六年三月十八日

南乡子·琼海博鳌玉带滩③雨后

细雨潋连绵，南国椰风海韵天。秀婉万泉凭泛艇，河妍，碧水潺湲玉带湾。

纵目骇浪翻，浩渺烟波破浪帆。纯净柔和一叶岛，沙滩，判海分河非等闲。

二○一六年三月二十八日

---

① 骑楼，一种近代商住建筑，建筑物底层为沿街敞开柱廊，相互连接成步行长廊。

② 巨榕盘，意为巨大的榕树盘根错节。

③ 玉带滩是一条自然形成的狭长的沙滩半岛。是万泉河与南海的交汇处。其一边是蔚蓝壮阔的大海，另一边是平静秀丽的万泉河。

南乡子·陵水^①椰田古寨访古

清朗日空悬，不染纤尘古寨天。翠峁槟榔茅草屋，椰田，雕木楼房古朴间。

旅客共主欢，黎锦^②农家服饰斓。光耀熠熠辉日月，银冠，苗女黎姑笑灿然。

二〇一六年四月三日

---

① 椰田古寨位于陵水县英州镇，又称椰田黎苗风情村。

② 黎锦，指黎族织锦，是中国最早棉纺织品之一，承传至今其历史已超过三千年。

南乡子·陵水南湾俯瞰

乘缆位临轩①，极目琼洋瀚海间。万顷潋波凝碧玉，南湾②，海上人家世外天。

港岸郁葱山，自若翔鸥翠羽翻。卧碧浮波排片片，渔船，五彩神笔可赋篇？

二〇一六年四月五日

---

① 轩：窗。见杜甫《夏夜叹》："开轩纳微凉"。
② 南湾，距三亚市六十公里处的猴岛海湾。湾内居住着疍家人，渔排林立，素有"海上人家"和"海上街市"之称。（疍，以船为家，以捕鱼和海上运输为业的居民。）

南乡子·陵水南湾猴岛① 观光

坐缆若超然，越海逾山逸似仙。旖旎风光如画卷，湾山，花果飘香蝶鸟翩。

翳地树参天，三五群猴荡秋千。猴戏诙谐精表演，人喧，小品风趣捧腹观。

二〇一六年四月八日

---

① 猴岛，即陵水南湾半岛，是世界上唯一的热带海岛型猕猴自然保护区。

南乡子·琼海多河文化谷 ①

　　水秀影婆娑，红绿葳蕤椰果萝。旖旎风光亭台阁，多河，南国天府景象和。

　　民居写农戈，展馆琳琅海宝珂。塑像 ② 神武豪气卓，军坡 ③，巾帼英雄谱凯歌。

二〇一六年四月十二日

---

① 多河文化谷位于琼海南路勇敢村，历代琼海人在此依山傍海的"南国天府"创造了多姿多彩的文化。

② 塑像，一是被尊称为"万泉河之母"的元文宗帝妃青梅；二是被尊称为"岭南圣母"的冼夫人冼英；三是红色娘子军塑像，万泉河是红色娘子军的故乡。

③ 军坡，琼海民间为纪念冼夫人而举行的活动的一个传统节日。

南乡子·三亚西岛^①游乐

海上有桃园，陶令今在亦愕然。一岛无依峙海内，孤悬，椰绿梅^②红百鸟喧。

泓澈共天蓝，浪细沙柔贝壳妍。泳浪飞舟观海岳，休闲，亲水撩沙自乐天^③。

二〇一六年四月十六日

---

① 西岛，位于三亚湾，又名玳瑁岛。其上风景秀丽，海水清澈见底，沙滩洁净细柔，是海上游乐与休闲的极佳场所，被誉为"海上桃园"。

② 梅，三角红梅。

③ 乐天，安于处境而无忧虑。见明王廷相《慎言》："随所处而安，曰，安士；随所事而安，曰，乐天。"

水调歌头·亚龙湾^①览胜

胜景觅何处，何处览奇观？登临沧海楼^②阁，纵目亚龙湾。浩渺汪洋岛岽，碧海澄明屿翠，点点远航帆。万象聚峦巘，秀色绝人寰。

志高远，云气荡，胸襟宽，良辰美景，晴岭放眼向谁边？远树长林画卷，牙岸^③波沙如练，楼台水田环。拍摄揽奇绝。欣带海风还。

二〇一六年四月二十日

---

① 亚龙湾，位于三亚市东南，海岸形似月牙，有七公里银白色海滩，海水清澈透明，沙柔细。湾山主峰红霞岭向东西延伸，犹如伸展的双臂环抱海湾。山上热带雨林遮天蔽日，郁郁葱葱，被誉为"天下第一湾"。

② 沧海楼，位于竹络岭山顶公园，登斯楼，居高临下，远眺，环望，俯瞰，仰观，尽收天下第一美景。

③ 牙岸，因该海岸呈月牙形，故称。

瑶台聚八仙·三亚南山文化园^①南山寺瑾览

胜景仙山，陵拱翠、晴光紫气岚烟。梵音幽雅，苑宇宏阔匆瑾览，金堂^②炜炜慎参禅。晟文园。旅人接踵，香客摩肩。

观音法身圣像^③，正袂飘踏海，典雅慈严。一体三尊，圣手持箧珠莲。碧波千叠普度，并万重、灵光救苦难。心弦动，自归真返璞，叩礼恭虔。

二〇一六年四月二十七日

---

① 南山文化园，位于三亚市以西四十公里处，南山寺位于文化园内。

② 金堂，金玉观世音堂，金碧辉煌，宏伟壮观。

③ 观音圣像，南山市前海上观音菩萨塑像。

踏莎行·祭祖

风卷残寒，雨滋衰草，云岚过尽晴方晓。林山漠漠寂寥坟，柳烟淡淡嘤嘤鸟。

奠酒沉沉，焚香绕绕，纸灰瑟瑟朝天烧。冢茔无语欲销魂，音容不见情难了。

二〇一六年四月二十八日

摊破浣溪沙·守望

三月山村锦绣中，粉桃娇艳杏苞红。菽麦平畴展春色，碧葱葱。

绿掩园圃双燕舞，植葱剪韭老妪翁。多少辛劳与坎坷，共春冬。

二〇一六年四月三十日

望海潮·海南天涯海角^①行

　　享誉天下，闻名古今，频见典故诗文。少府天涯^②，春生海角^③，迢迢万里如邻。有幸赴问津。看石林瀚海，追古寻根。南极^④登临，畅朗澄碧碍无尘。

　　全收旧景新珍。叹石交日月^⑤，奇绝乾坤。阶履石叠，寰望宇际，群峰迭秀凌云。海判南天分。耸摩崖刻石，突兀奇雄。证载沧桑浮沉，大观壮琼滨。

二〇一六年四月二十四日

---

① 天涯海角，位于三亚市西南天涯区，面向大海，背对马岭山。

② 少府天涯，见王勃《送杜少府之任蜀州》："海内存知己，天涯若比邻"。

③ 春生海角，见白居易《春生》："春生何处暗周游，海角天涯遍始休"。

④ 南极，意为中国陆地疆域最南端。

⑤ 石交日月，两块分别像"日""月"的巨石重叠交叉，坐落在天涯海角南大门正对面的海上。

沁园春·隆德中学高六六级
毕业五十周年纪念偕夫人聚会

　　桃李春深，谢了春花，绿掩落红。念同窗故友，隆中别后，弹指数旬，鹤发纹容。流水高山，依依韵致，难忘当年情谊浓。续前缘，富余年垂暮，凤城重逢。

　　斟茶酌酒妪翁，任谈笑、韶华犹未封。怅昔时修满，风云折翼，精英学子，限阻黉门。喟谓平生，十年炼砺，报国拳拳图尽忠。觥筹错，有琼浆共醉，厚谊温盅。

二〇一六年五月三日

一翦梅·为中国女排喝彩

中国女排夺冠有感

　　竞技球场奋勇争，铿锵玫瑰，众志成城。年青一代领军人，造诣高深，技艺超能。

　　女排精神民族魂，往昔而今，追梦豪情。自强不息创奇迹，金曜牌辉，勋著简青。

二〇一六年八月二十五日

减字木兰花·中国击剑队

　　战功赫赫，女侠风流华剑客。炉火纯青，奥运体坛传视听。

　　行云流水，淡定从容势凌厉。巾帼雄心，为国争光屡战赢。

二〇一六年八月三十一日

忆秦娥·冬练

晨星烁，园街随处流行乐。流行乐，廻楼萦阁，遏云穿岳。

方兴未艾全民作，舞姿婀娜青春著。青春著，弘扬国粹，体强功拓。

二〇一六年九月二日

长相思·教师节随思

解惑难，育人难，尽瘁呕心三尺坛。雨风三十年。

忆也牵，梦也牵，育李培桃故校园。春兰秋菊繁。

二〇一六年九月十日

天下乐令·包头探亲

驱车高速，千里远程疾竞逐。故地重游，葱郁山河黄水悠。

栉比楼筑，妹宅明依旧屋。碌碌何求，育女抚男霜染头。

注、丙辰中秋，翰卿开车送余同妻与妹前往包头探望俩堂妹，一路行进河套高速，几过黄河，沿途景物巨变，赏心悦目，欣然。

二〇一六年九月十六日

苏幕遮·秋兴

碧长空，云淡淡，阴山逶迤，袅袅青烟冒，烽火曾经千载叹，一代天骄①，豪气冲霄汉。

大青山，南去雁，独有昭君、万里秭归远。浩浩黄河香两岸，民族亲和，青冢苍松伴。

二〇一六年九月十八日

---

① 一代天骄，指成吉思汗。

水龙吟·咏黄河

昆仑一出磅礴去，奔腾不息天际。浪涛翻卷，激流浩越，中州大地。漾峡洄谷，北弯南曲，潺湲逶迤。多姿复多彩，万千气象，炎夏兴，文明启。

塞上黄河情系，览尊容、抚今追昔。中卫船筏①，金津古渡②，几回旅里。汽笛长鸣，虹桥横跨，今非昔比。稻香流域里，茏葱两岸，沃饶宏丽。

二〇一六年九月二十三日

---

① 中卫船筏，从前黄河中卫渡口的木船和羊皮筏子。
② 金津古渡，包头市西三十公里处的黄河古渡口，今建有浮桥。

一剪梅·瞻昭君坟

　　丝柳依依归雁翔，朔漠苍苍，黄水泱泱。昭君城闭掩坟冈，楼阁宏煌，卫士戎装。

　　琵琶无须怨离伤，塑像生光，胡汉情长。和亲数世靖边疆，风雨沧桑，世代流芳。

　　注：昭君城，位于黄河南岸，内蒙古达拉特旗昭君坟乡河畔中村。公元前三十三年，王昭君远嫁匈奴胡汉和亲时，途经此地并建有行宫而得名。昭君坟在城内，高约八十米，其上有王昭君和匈奴单于塑像。相传其坟为昭君衣冠冢。

　　　　　　　　　　　二〇一六年九月二十六日

采桑子·秋收

无边河套黄金岸，黄水鳞鳞，黄谷沉沉，秋色秋光一片金。

挥镰收割黄河畔，汗滴涔涔，惊雷声声，不比平常铭于心。

二〇一六年九月二十八日

醉花阴·雨后崆峒行

夜雨晨霁秋初冷，雾锁崆峒静。八台与九宫，楼阁云深，缥缈神仙境。

重阳赏景三生幸，聚会访名胜。携手上天梯，驾雾腾云，别有登临兴。

二〇一六年十月十五日

生查子·老家过年祭祖

年去年来时,光景圆融^①好。北凤儿孙归,东镇亲人到。
合家共庆期,不见同堂老。举酒酹坟茔,暗泪西山道。

二〇一七年二月二日

清平乐·丙申除夕

蜡冬和畅,口丽韶光朗。鼓乐喧村鸣炮仗,归聚轿车
满巷。

年年是日同堂,团圆饺肴馨香。置盏推杯礼让,温声
婉语和祥。

二〇一七年二月四日

---

① 圆融,团圆,融合。

醉太平·丙申除夕夜

烟花粲乡，天溢丽光。红装院庭灯张，演华年乐章。
华灯锦堂，佳筵玉浆。闹春歌舞霓裳，乐天伦举觞。

二〇一七年二月六日

谒金门·老家过年迎喜^①团拜

雄鸡^②唱，复始一年新象。无数天花空宇放，乡亲喧
街巷。

迎喜村头众畅，爆竹喧嚣尘上。团拜家家财气旺，迎
春呈盛况。

二〇一七年二月六日

---

① 迎喜，老家传统风俗，习称迎喜神。
② 雄鸡，实指该年为农历丁酉年（鸡年）。

113

齐天乐·上元节社火大赛

朝霞烘日人潮涌，欢腾古城①丝路。礼炮遏云，乐声激荡，处处震天锣鼓。凭高眺处，正花海旗林，彩台②无数。十里长衢，秧歌飞彩龙狮舞。

古装车骑军伍③，铠袍绣龙虎，雄壮威武。凤凰来仪，雄鸡昂首，车载豪情歌赋。鹤台仙境，聚八仙四星，演今传古。大美关河，更欣欣日富。

二〇一七年三月四日

---

① 古城，隆德县城。

② 彩台，彩车和高台。两种相似的社火形式。

③ 古装车骑军伍，装扮成骑着骡马或坐着仿古木轮车的古代历史人物与故事人物，是一种传统社火形式。

步蟾宫·喜讯

千花万草芳菲竞，无重数、翠峰青岭。莺歌燕舞景和明，李桃早、枝头果盛。

人和国泰家门幸，考登科、心仪意遂。爱孙报喜慰心灵，难掩兴、频频暗庆。

二〇一七年六月二十五日

步蟾宫·宴庆

新型别致山庄①里，奇树翠、名花艳丽。曲桥流水彩灯异，优雅处、窗明净几。

族亲宴庆两孙喜②，酒未饮、令人先醉。家家晚辈学成才，兴家国、人才济济。

二〇一七年八月十九日

---

① 山庄，隆德县桃山乡盘龙山庄生态园，内设花园式餐厅。

② 两孙喜，璟考取国家公务员；一豪考上天津南开大学。曹姓族人及亲属借此齐聚，喜庆祥和。

115

西地景·陇西游 ①

千里驰车陌道，正晨曦初照。山山水水，橙红尽染，丽容清貌。

富庶秦川早闻，算而今才到。平畴一碧，城村棋布，遥山云渺。

二〇一七年八月二十日

---

① 丁酉夏日，我与妻同子翰元及其媳和子女，亲友行军两家驾车途经陇西，游于太白山，西安等地，饱览名山大川，古迹今景，喜不自胜，感慨良多。

西地锦·龙凤[①]山汤峪口

龙凤汤河[②]佳处，且初程暮住、双山耸峙，青葱峻秀，飞流悬素。

汤浴慕名客旅，风送喧哗语。鸣蝉噪柳，青牛[③]卧洞，横生逸趣。

二〇一七年八月二十二日

---

① 龙凤，即龙山和凤山，太白山北麓两座山峰，与太白山同体相连，同属秦岭。

② 汤河，即汤浴河，从龙凤二山峡谷中流出，河水沐浴较为有名。

③ 青牛，传说中老子出西关时所骑之牛。青牛卧洞，凤山口一石洞中所卧青色石牛，据老子当年骑青牛西行，夜宿于此地故事而建。

西地锦 · 太白山莲峰瀑布观赏

峡谷幽深树掩，峭壁千仞险。莲峰竞峻，花木争秀，绿装红点。

瀑布击岩珠溅，挂空如莹练。身临胜境，心随水动，欣欣多感。

二〇一七年八月二十五日

西地锦 · 太白山泼墨崖凭吊

墨迹斑斑崖面①，酣畅淋漓卷。诗仙醉卧，月影共舞，松风相伴。

一代伟人贤翰。豪气冲霄汉。长风破浪，云帆济海，随思而叹。

二〇一七年八月二十七日

---

① 指泼墨山。相传李白到太白山下，于卧石上饮酒，醉中打翻了墨汁，泼于崖上，因此而得名。其崖下今有李白酒醉仰卧雕像。

西地锦·太白山桃花源赞赏

陶令桃源何在，百里秦川外。茵茵碧草，红花点点，山青岩黛。

古木桥亭荫盖。庵屋氤氲蔼。鸣泉鉴影，潺水漱石，清幽无再。

二〇一七年八月二十九日

望海潮·太白山畅游

中原名胜，西山^①殊景，冠居秦岭群峰。斗母^②耸天，岩柱^③拔地，凝烟迭巘横空。苍莽拥奇雄。看千峦腾雾，万壑藏云，似浪如涛，气象千万幻无穷。

巉崖峻壁垂重，遍飞流泉涌，峡谷幽纵。复翠叠青，葱葱郁郁，岚光秀色松风。千古道僧踪，盛道观禅院，太乙尊容^④。尚有诗仙俊赏，举手^⑤近蟾宫。

二〇一七年九月六日

① 西山，西部山脉。

② 斗母，即斗母奇峰。

③ 岩柱，即花岗岩柱峰。

④ 太乙尊容，太乙真人的塑像。据传太乙真人在太白山修炼，因而其山又称太乙山。

⑤ "举手"句，见李白《登太白峰》："举手可近月，前行若无山。"

119

江城子·西安古城墙感兴

千年古迹傲骄阳，映天光，焕辉煌。气势恢宏、固有若金汤。翠绕珠环门绚丽，楼①巍峨，宇轩昂。

时移世易遗城墙，历风霜，见兴亡。几度烽烟、今日复堂皇。物事随时成盛衰，临胜景，感沧桑。

二〇一七年九月十日

御街行·西安古城游兴

古都荟萃中州秀，地簇锦、街华构。雄楼钟鼓大明宫，唐塔国槐魁柳。宝丰史馆。碑林稀世，书院②兴坊③久。

千年积淀文明厚，周制在、唐风有。晨钟暮鼓古今鸣，华夏族乐④高奏。游人如织，良机正在，莫把怡情负。

二〇一七年九月十三日

---

① 楼，城门楼和角楼。门楼有三重，即闸楼、箭楼、正楼。
② 书院即关中书院，是明清两代陕西的最高学府。
③ 兴坊即永兴坊，在唐诤臣魏征府邸旧址上所建。
④ 华夏族乐，钟鼓楼上的文化活动。有民族鼓乐表演和编钟表演等。

锦堂春漫·西安大唐芙蓉园^①游赏

访古观今，惊奇却在，皇都大唐名园。丽景风光盈视，彩耀蓝天。馆宇栏廊迤逦。楼牌亭院环连。靓风姿悬瀑，花陌芳林，诗峡^②香山。

走进^③贞观盛世，见君臣宴乐，舞妙歌欢。外使来朝衮冕，威震蛮番。信步芙蓉湖畔，赏锦鳞，廊榭流丹。陆羽茶社^④小憩，多少文明，故事传诠。

二〇一七年九月十五日

---

① 大唐芙蓉园，位于西安市雁塔区曲江新区，是在隋唐皇家御园遗址上新建的园林。

② 诗峡，园内以反映唐诗为主题的景点。

③ "走进"五句，指园内紫云楼所展示的反映大唐盛世的内容。有皇帝塑像，壁画，唐长安城复原模型，大型彩塑群雕，唐乐等。

④ 陆羽茶社，是以唐代"茶圣"陆羽命名的茶社。

疏影·西安秦兵马俑观感

秦坑俑阵，似沉沉肃穆，森森严整。武士刚毅，将帅轩昂，披甲执刃威勇。依稀陷阵冲锋处，率用命^①、沙场声振。立称雄、拓土开疆，一统九州名震。

稀世珍赀异宝，似真如活俑，瘗葬陪殉。千古悠悠，岁月风尘，复出竟然英俊。还惊魁巍雕鞍马，嘶鸣状、传神良骏。叹观止、人世奇迹，震古铄今无尽。

二〇一七年九月十八日

永遇乐·雨后新村

疏雨还晴，断云奔涌，迷雾风卷。草树知秋，青衰翠减，露泄黄叶散。悠然野菊，百花残后，黄白紫蓝齐现。日沉沉、峰峦斑驳，隐隐塞鸿声远。

淖泥不再，喧闹多散，信步村中行遍。瓦屋新清，琉璃光彩，乡语盈盈面。流年易逝，乡土不老，但有时迁颜变。垂垂老、归根落叶，恋情何限！

二〇一七年九月二十四日

---

① 用命，效命，奋不顾身地战斗。见宋·王巩《闻见近录》"明日再战，军士不用命着，太祖刃其笠以识之，战罢，识者皆斩之"。

锦缠道·修葺

老屋陈垣，怎禁得绵秋雨，睹檐流。淋淋如注，挟风密雨弥天雾。昼夜无休，滴滴烦人漏。

雨过初放晴，风轻云布。正天闲、泥墙扶柱。整瓦脊、幸旧技娴熟^①。留守生处，哪管残年暮。

二〇一七年九月三十日

鹧鸪天·宁夏中卫沙坡头一游

大漠^②黄河绕绿洲，金沙漫漫水悠悠。奇观不再孤烟直^③，悬缆^④跨河滑坡头。

林夹岸，鸟啁啾，廊亭花径馥幽幽。玻璃桥^⑤畔羊皮筏，古韵新奇尽数收。

二〇一七年十月十九日

---

① 旧技娴熟，回乡劳动，接受贫下中农再教育。十年里，有时被派到本生产队副业组搞副业，便趁机学会了泥瓦工与木工技术。

② 大漠，广大辽阔的沙漠，此指腾格里沙漠。

③ 孤烟直，孤直的烽火狼烟。见唐王维《使至塞上》"大漠孤烟直，长河落日圆。"

④ 悬缆，横跨黄河两岸的缆索，供游人滑缆过河，体验其惊险。

⑤ 玻璃桥，横跨黄河两岸的三D玻璃桥。

鹧鸪天·念凤城挚友蔚生

埋名凤城调笔公，潜心研习二王^①功。遐龄难得桑榆静，默默追求炉火纯。

常思慕，盼相逢，时来促膝又匆匆。山遥水远冰心^②近，无束长谈电信中。

二〇一七年十月二十二日

蝶恋花·年节

天朗日和风细细，腊月春回，难得佳天气。邻里弥香春节味，灯红村巷新年意。

欢聚一堂三世慰^③，家宴开时，更庆几多喜。最是此乐忘所以，声声花炮喧天际。

二〇一八年二月十五日

---

① 二王，"书圣"王羲之及其子王献之。

② 冰心，纯洁的心。见唐王昌龄《芙蓉楼送辛渐》"洛阳亲朋如相问，一片冰心在玉壶"。

③ 三世慰，三世同堂，深感欣慰。

蝶恋花·春日随思

又是一年更序早，难解东君，不意匆匆到。溪里清波滩上草，婆娑杨柳鹅黄梢。

物化如斯催人老，残暮流年，气运知多少。海晏河清机遇好，笔耕圆梦何辞劳。

二〇一八年二月二十日

蝶恋花·感兴

天散六花清晓起，洒洒扬扬，装点新春意。四野茫茫尘秽夫，玉妆银裹无边际。

兴起遥望孤自喜，雪兆丰年，盼在民心里。年后院庭归静寂，莫名离绪犹难已。

二〇一八年二月二十一日

蝶恋花·元夕乐趣

　　甚喜晴空元月皎，玉宇无尘，朗朗千家照。小院银光依旧妙，月华不与年华老。

　　火焰摇红灯①小巧，可意玲珑，灯花盈盈笑。独取其乐情绪好，挑芯添油佳音报。

二〇一八年三月二日

---

① 家乡元宵节晚上所点面灯。

降都春·太湖

　　戊戌仲夏，余偕妻与女儿翰馨会同亲家效勤夫妇随旅游团游览苏浙沪，邂逅江南烟雨，一览江南山川湖河，鱼米之乡，水上人家，古都名城，姑苏园林。游历增广，见识增多，夙愿得了，欣然命笔。

　　潋湖浩浩，恰夜雨晨歇，清丽妖娆。游艇击浪，七桅[1]乘风夺天巧。鼋头渚[2]屿风光好，绝佳处，天成人造。牌楼云渡，榭轩岚掩，树葱花娇。

　　仙岛[3]，烟波渺渺，态超然。正襟危坐聃老[4]。灵秀龟山，翠掩红藏轻雾绕。过桥登渡来多少，泛湖上、乐情谁晓。历境思远陶朱[5]，隐身岂料。

　　　　　　　　　　二〇一八年五月二十六日

---

① 七桅，即七桅帆船，太湖景致之一。

② 鼋头渚，横卧于太湖西北岸的一个半岛，因巨石突出于湖中，形状酷似神龟而得名。

③ 仙岛，原名三山，太湖展示道教文化的景区。

④ 聃老，道教创始人老子，名李耳，字聃。仙岛塑有老子巨型坐像。

⑤ 陶朱，即范蠡，弃官后，经太湖泛舟去齐，至定陶，经商致富，世称陶朱公。

武林春·南京夫子庙秦淮河一瞥

江左金陵名胜地，无处不繁华。十里秦淮独秀花，波映绮窗家。

文采荟萃夫子庙①，乌巷②奇葩，灯影桨声景色佳，画舫载喧哗。

二〇一八年五月二十九日

柳梢青·乌镇游

枕水人家，江南乌镇，今昔繁华。木屋层叠，阁楼空架，楣柱雕花。

文章远播天涯，故居③在，桐苍竹佳。胜地钟灵，名门毓秀，历世多嘉。

二〇一八年五月三十一日

---

① 夫子庙，即孔子文庙，位于秦淮河朱雀桥西。
② 乌巷，即乌衣巷，位于秦淮河朱雀桥南，是中国著名的古街巷之一。
　古为晋代王谢两家豪门大族的宅第，今为王谢故居纪念馆。
③ 故居，即茅盾故居，位于乌镇观前街十七号。

芳草渡·乌镇夜赏

古街镇市^①水溶溶，撑画舫，荡乌篷。行悠泊雅旧时容。临河屋，过桥下，逐陈踪。

入画里，越时空，共乘殊赏古风。家灯初上满河星。机遇再，不辞作，水乡翁。

二〇一八年六月一日

---

① 古街镇市，这里指乌镇。

柳梢青·西塘^①行

神迷心醉，民居临河，街衢依水。轻楫扬波，兰舟渡影。风光旖旎。

廊棚^②古弄^③嘉园，画中画，虹桥柳翠。小调情浓，婉柔甜美，引人风味。

二〇一八年六月三日

---

① 西塘，位于江浙沪三地交界处，隶属浙江省嘉善县，是古代吴越文化发祥地之一，素有"吴根越角""越角人家"之称。江南六大古镇之一。

② 廊棚，临河而建的廊道，用于连接河道与店铺，可遮阳避雨。

③ 古弄，夹在两幢住宅间的露天弄堂。

桂枝香苏·州园林游赏

蕉荷夏日，恰烟雨江南，绿洗红湿。姑苏园林佳处，雅幽清逸。青瑶绿玉，华贵馆，燕语堂、宏敞高古。赏花观竹，瞻幽览胜，爽然情适。

遍假山嶙峋怪石，状多似狻猊，狮林①名实。环曲涓涓秀水，舫池②澄碧。流泉瀑布珠帘挂，隐芳林、柏青松直。暗香疏影，风神韵味，久闻今识。

二〇一八年六月九日

---

① 狮林，即狮子林，苏州四大名园林之一。

② 舫池，放置石舫的水池。

蓦山溪·杭州西湖

苏堤雨后，濯濯[①]依依柳。遍北国南疆，唯此处、千秋独秀。群山隐翠，披薄雾轻纱，添意趣，云渡塔，美景人天绣。

青岚碧水，波影玲珑[②]透。登画舫神怡，见本真，西湖新旧。临山近水，看潋滟空[③]濛，如梦幻，似仙境，移步频回首。

二〇一八年六月十一日

---

① 濯濯，清新明净。见唐·乔知之《折扬柳》："可怜濯濯春杨柳，攀折将来就纤手。"

② 玲珑，清澈的样子。见唐·孙华《帘》："约略同云母，玲珑彻水清。"

③ 潋滟，水波荡漾，空濛迷茫。见宋·苏轼《饮湖上初晴雨后》诗："水光潋滟晴方好，山色空蒙雨亦奇。"

永遇乐·上海之旅

乍雨随晴，清风送爽，天从人愿。摩宇①观光，长街留影，乐趣时无限。外滩江畔，洋楼②林立，风格迥殊古典。水悠悠、迎新淘旧，透碧从容平缓。

明珠③幻彩，群楼光炫，灿烂辉煌滩晚。火树银花，拱桥虹渡，海派④风情岸。乘船俊赏⑤，神游如梦，一似泛槎⑥河汉。兴赞念、何等人绘，世间美卷。

二〇一八年六月二十一日

---

① 摩宇，即上海摩天观光大楼，高百层，登顶可俯瞰上海市全貌。

② 洋楼，黄浦外滩被称为"万国建筑博览群"的西式楼群。上海的地标之一。

③ 明珠，即上海东方明珠塔。

④ 海派，泛指上海的风格与特色。

⑤ 俊赏，快意的游赏。

⑥ 泛槎，乘木筏。见唐·李峤诗："石类支机影，池似泛槎流。"

浪淘沙·忧盼

戊戌五六月之交，数日大雨滂沱，山水洪漫，村道水流成河，外地多处救灾抢险，甚忧！

长夏雨连天，院水溅溅[①]。何奈时骤复绵绵。雾岭烟山浑一片，惊悸忧烦。

异地遭洪漫，大好河山。水灾频发毁庄田。协力军民同抢险，翘盼天蓝。

二〇一八年七月十日

鹧鸪天·诊病住院

一生苦难何其多，眼成残疾又沉疴。凤城诊疗时日久，病榻晨昏志忐过。

思绪乱，费嗟哦，终身要事恐蹉跎。今朝且住随缘去，哪管乡山伴草坡。

二〇一八年十一月二十五日

---

①溅溅，指水流急。见唐·李端《山下泉》："碧水映丹霞，溅溅度浅沙。"

鹧鸪天·房改

东风入律^①万物新，时潮^②涌动兴乡村。民居防震千秋业，除旧改危惠及民。

修广厦，建高门，洋光亮丽映星辰。助工绵薄身前事，我辈争如局外人。

二〇一九年六月二十五日

定风波·抗疫

江汉临春出疫情，年时突发国人惊。泰斗名医齐妍判，新冠，白衣请命援楚荆。

大义临危赴国难，阻战，中华民族志成城。救守相望心呐喊，灭断，东风煦煦百花荣。

二〇二〇年三月十二日

① 东风入律，意为春风和畅，律吕协调，用以称颂盛世。
② 时潮，时代潮流。

135

柳梢青

抗疫阶段性取胜，可喜，可贺！

柳拂新芽，燕归莺舞，春在人家。晴日驱寒，阴霾风散，飞翠扬花。

荆襄一战堪嘉，疫情除，江城复华。妙手仁心，英风冠世，浩气天涯。

二〇二〇年四月十二日

生查子·怀念伯父母

肩荷①日与月，身沐风和雨。暮景②共韶华，尽倾西山土。嶙峋多病体，饥日凄凄度。今世至情亲，漫漫艰辛路。

二〇二〇年四月二十八日

---

① 荷，背负。
② 暮景，喻垂老之年。

行香子·书桌①

　　遗物无言，却是相知，更同生共老残姿。色容斑驳，神态支离②，怅人常非，物常是，梦常期。

　　少年伏读，老成临写，历风霜秉烛倚斯。泛游学海，静室诠疑，总嘱长遵，书长读，孔长师。

　　二〇二〇年五月二十三日

---

① 我幼年时，深得祖父溺爱。祖父基于祖上几代皆为农人兼木匠，更在当下除我父就读过隆德峰台书院，母亲读过外祖父所办私塾之外，再别无读书识字之人。况且祖父又极看重知书达礼之人，于是将其厚望寄托于我，在他年过八旬之高龄时，凭着其执着之信念与精湛之木工技艺，硬是拖着孱弱、疲惫的身体为我做了一张面装心，框雕花榆木抽屉大书桌。以寄托对孙辈学有所成之良苦用心与殷切期望。睹物思人，除了对祖父悲切的思念之外，更有深沉的感恩与愧欠之情！

② 支离，憔悴，衰疲。见杜甫《赠崔十三许事公辅》："分军应供给，百姓日支离。"

人月圆·外甥千金出阁众至亲欢聚

重阳塞上佳辰秀，闾陌①菊花芳。华筵欢处，珠璧联彩，兰桂飘香。

珍馐玉液，衰颜霜发，笑语盈堂。心心相印，举杯共祝，地久天长。

二〇二〇年十月十八日

归自谣·天伦之乐

难抑喜，四世同堂新一辈，阖家钟爱心陶醉。
曾孙抱怀亲不已，看俏丽，含饴逗乐婴声里。

二〇二一年二月十三日于老家

---

① 闾陌，里巷。

　　辛丑五月十五日余与妻随同次子翰卿及其媳艳萍驾车赴天津参加一豪毕业典礼，暨旅游。自银川一路观览了平遥古城、曹家大院、五台山寺、津、京、曲阜孔庙、泰山等名胜古迹，了余平生夙愿，庆幸之余，喜不自禁，且见闻颇多，收获甚丰，赋词以记。

扬州慢·平遥古城行

　　三晋[①]名城，九州佳邑。袭传千古文明。自春秋肇造，迄鼎盛明清。尽城郭街舖巷市，署衙民宅，晋格民风。有金融、票当[②]源头，商界精英。

　　畅游古境，两时空、佳趣横生。望月挂城楼，曜辉昌记，难抑幽情。七十二蚰蜒巷[③]，龟形廓、神异陶平[④]。在历史长河，曾经多少衰荣。

二〇二一年七月二十日

---

① 三晋，山西省的别称。战国初期，赵氏、韩氏、魏氏原为晋国大夫，后分晋而各立为国，于是赵、韩、魏三国合称三晋，其后便称山西为三晋。

② 票当，即票号和当铺。平遥是晋商的重要发祥地，"日升昌"是中国第一家票号。

③ 七十二蚰蜒巷，龟形廓，平遥城的平面图象龟形，故素称为"龟城"。据传城南门为龟头，北门为龟尾，东西两瓮城为龟足，整座城以市楼为中心，由城墙和八大街、四小街、七十二巷组成一个龟形八卦图，街巷为灵龟背上的寿纹。其寓意为吉祥、长寿，象征青春永驻，金汤永固。

④ 陶平，平遥旧称亦称古陶。

胜胜令·王家大院 ①

　　城堡散耸 ②，宅院群横。踞坡 ③ 房舍几层层。前堂后寝，室窑幽，绣楼明。俱古雅、民宅大成。

　　木石三雕 ④，门饰丽，壁装精。竹梅 ⑤ 留馥鹊犹鸣。观今念昔，富书香，贵官庭。世事迁、谁独怎能。

二〇二一年七月二十六日

---

① 王家大院，位于山西省灵石县静升镇，是王氏家族经明清两朝，历三百年修建而成的豪宅。

② 城堡散耸，王家大院原建筑群的五座城堡。

③ 踞坡，指依山而建。

④ 木石三雕，指木、石、砖三种材料的雕刻作品。

⑤ "竹梅"句，木石雕竹子和喜鹊鸣枝及松梅图案的私塾大门，寓意节节（阶阶）高升和金榜题名。世称"松竹梅岁寒三友"，寓意后代做人要有松竹梅的品质。

胜胜令·三多堂^①

明堡^②拔地，榭亭^③凌空。过庭深院数重重。飞檐斗拱，画梁雕，柱金封。历百年、犹见气雄。

聚宝藏珍，谁可信，媲皇宫。尚存慈禧贵金钟^④。时移斗转，后当崇，创业功。念盛衰、曹宅族中。

二〇二一年八月一日

---

① 三多堂，即曹家大院，位于山西省太谷县北洗村，为明清晋商巨富
　曹氏家族的宅院。"三多"，即为多寿、多福、多子，象征曹家对
　美好生活的祈愿。

② 明堡，雕楼，旧时北方乡居，上层作雉堞形，以供候望侦伺。

③ 榭亭，建在明楼顶上的亭子。

④ 金钟，即金火车头钟，为法国上供给慈禧太后的贡品。钟表由黄金、
　白金、乌金、水晶组合而成，重达四十二点五公斤。其为稀世珍宝，
　价值连城。

满庭芳·北京颐和园游览

佛阁①煌煌，塔②楼辉日，霓光虹彩盈峰。青遮翠衬，华构几重重。入望牌楼随感，画中览、御院皇宫。松荫翳、威狮寿石③，寂凤伴卧龙④。

西湖⑤游乐处，长廊⑥透丽，碧水溶溶。桥卧波，岛堤茂木葱茏。北国⑦江南水镇，风情景、影逐湖中。凭栏久，重游忆旧，波荡夕阳红。

二〇二一年八月八日

---

① 佛阁，万寿山佛香阁。

② 塔，万寿山顶的佛塔，其名智慧海。

③ 寿石，颐和园西门内的长寿石，系太湖石。

④ 寂凤伴卧龙，人寿殿前铜铸龙凤。

⑤ 西湖，昆明湖。明朝时，万寿山称翁山，因湖在北京西郊，故称西湖。

⑥ 长廊，连接昆明湖与万寿山的画廊，全长七百二十八米。

⑦ "北国"句，清乾隆建园时名为清漪园，是以杭州西湖为蓝本，同时广泛仿江南园林及山水名胜。

满江红·京都感兴

襟海^①依山，枕居庸、燕幽^②形胜。辽元都^③，明清京师，历朝王政。虎据龙蟠威势震，珠歌翠舞钟鼎盛。兴衰替、当不改河山，风神^④永。

豪华构，瑰丽景，城紫禁，闺帏静。登玉阶金阙，情悦神兴。昔日皇权威命地，今朝黎庶观光境。归去来，幸几览京华，长歌咏。

二○二一年八月二十日

---

① 襟海：古时北京地域广阔，包括现代河北省和辽宁省一部分及天津全部，东临渤海，故说襟海。襟，像衣襟一样，古时衣襟左右相交，因用以比喻地形的交汇扼要。见王勃《滕王阁序》："襟三江而带五湖"。

② 燕幽，北京的故称。北京有三千多年的历史，有很多别称。《史记·燕召公世家第四》载："周武王之灭纣，封召公于北燕。"国都燕都，今房山区琉璃河镇遗址尚存。两汉、魏、晋、唐都曾设过幽州，治所均在今北京一带。

③ 辽元都，辽太宗会同元年将原来的幽州并升为幽都府，建号南京。忽必烈至元九年改称元大都。

④ 风神，风采，神韵。

143

破阵子·八达岭长城登咏

燕岳长城云渡，蓟州巨墉[①]烟环。跨谷越峰蜿万里，耸险峙危亘百关。如龙舞九寰。

秦汉居庸[②]昔镇，京都锁钥今闲。蝶堡俯瞻桓岭险，城巅攀爬坡道艰，曲旋峦莽间。

二〇二一年九月二日

---

① 蓟州巨墉，蓟州北部山区长城，也称蓟北长城。

② 巨庸，巨庸关。

一翦梅·南开大学合影

晨趁红曦八台^①行，名树拂青，琼蕊扬菁。博冠士服萃黉门^②，学子风华，才子荣生。

为念一豪学有成，三代留影，学府北辰^③。南开凝望绪难平，不朽功勋，育就精英。

二〇二一年九月九日

---

① 八台，天津市八里台，南开大学所在地。

② 黉门，古指学校。

③ 学府北辰，昔时誉称西南联合大学。抗日战争时期，南开大学，北京大学，清华大学迁至云南昆明组成"西南联合大学"，为国家培养了许多杰出人才，如诺贝尔物理学奖奖获得者李道政、杨振宁，数学家华罗庚，文学家闻一多、朱自清等。

卜算子·津门瓷房子 ①

自古迄今奇，古董嵌楼外。斑壁荧荧瓷器妆，晋皿唐三彩。

粉彩青花家，极尽奢华态。盘踞瓷龙 ② 气势雄，方显其风采。

二〇二一年九月十三日

① 瓷房子，位于天津市赤峰道。其前身为20世纪20年代所建法式四层小洋楼，二〇〇〇年起改装成一座弘扬中华陶瓷文化的瓷房子。装有晋青瓷，唐三彩，宋元明清官民窑瓷珍品，瓷瓶、盘、碗、枕等四千多件，及其残瓷片七亿多片，其中有较珍元明青花瓷片和清代粉彩瓷片。另有唐宋汉白玉石狮，历代石雕像等等。该院墙全用瓷瓶围成，称平（瓶）墙。

② 瓷龙，在瓷房子左侧用瓷片镶嵌的蜿蜒到顶上的龙。

八声甘州·天津感怀

望悠悠海河过津门①，玉带缀繁华。渐日高云退，水天一色，邻碧无瑕。兰桥多姿横跨，楼外柳添花。南北一流水，清润千家。

故里寻踪觅旧，市井陈玑贝，古意频加。感古今合璧，无处不豪奢。万国楼②、建群博览，中兼西，高格誉天涯。任驰目，倚雕栏遍，沽水③流霞。

二〇二一年九月十五日

采桑子·津门抒怀

直沽口岸繁荣处，故地重游，故地重游，物换时移难识舟。

九州欲览山河醉，老气横秋，老气横秋，明日黄花④何所求。

二〇二一年九月十八日

---

① 津门，天津旧称。

② 万国楼，位于天津市中心五大道，是中国保存最为完整的外国洋楼建筑群，人称万国建筑博览苑。

③ 沽水，即海河。

④ 明日黄花，见苏轼《九日此韵王巩》："明日黄花蝶也愁。"

沁园春·曲阜行

溽夏①微云，高路②轻车，冀鲁疾行。望华东大地，原畴坦荡，清流交错，膏壤农耕。千里风光，无垠秀色，今古物华地亦灵。斜阳下，横空泰岳，霞尉云蒸。

沉宏③华夏儒城，尼峰④翠、潺湲洙泗⑤清。遍伟楼雄阁，周风汉韵，明清规制，古色辉生。泱泱中华，煌煌传统，万仞宫墙⑥气势宏。访名胜、看今朝盛世，九州争荣。

二〇二一年十月一日。

---

① 溽夏，湿热的夏天。

② 高路，高速公路。

③ 沉宏，深沉，宏大。

④ 尼峰，即尼丘山。位于曲阜东南。孔子父母"祷于尼丘得孔子"，所以孔子名丘，字仲尼。后人避孔子讳，称为尼山。

⑤ 洙泗，洙水和泗水。

⑥ 万仞宫墙，即孔庙防卫城墙，亦即其城门石额。

遥台聚八仙·谒孔庙

齐鲁名城，人间最、千载荟萃文明。巨规宏制，惊与紫禁同形[①]。画栋雕梁龙绕柱，重檐九脊殿飞甍。覆廊亭，擎天桧柏，捧日[②]迎星。

沉沉金声玉振[③]，伴沧桑岁月，示道宣经。礼门恭坊，成殿[④]奉祀儒宗。杏坛[⑤]论语惠泽，仰先哲、祗回[⑥]礼圣尊。时空易，秉圣贤遗道，承播人寰。

二〇二一年十月六日

---

① 紫禁，北京紫禁城。形，形制，体制。

② 捧日，捧着太阳，喻桧树之高。

③ 金声玉振，为孔庙石坊书字。"金"指钟，"玉"指磬，古时奏乐以敲钟开始，发出金属之声，以击磬结束，发出玉石之声。"金声玉振"用以表示集众音之大成，喻孔子德行全备，完美无缺。

④ 成殿，大成殿，奉祀孔子圣像的大殿。

⑤ 杏坛，相传为孔子讲学处。

⑥ 祗回，恭敬迟回。见《史记·孔子世家》："余祗回留之不能去云。"

朝中措·咏孔庙荷

凌波[①]梵界下瑶台，文圣苑中开。翠盖层层绫剪，粉葩几朵绡裁。

珍池涵泽，仁风熏沐，异馥[②]姿才[③]。出水洁身自好，芳魂不染尘埃。

二〇二一年十月九日

---

① 凌波，在水波上行走，见曹植《洛神赋》："凌波微步"。

② 异馥，奇特的香气，见明李渔《闲情偶寄》"可鼻则有荷叶之清香，荷花之异馥"。

③ 姿才，资质端丽。

满庭芳·瞻孔府

泗水云波①，尼山耸翠，鲁都②一派风光。孔庙威仪，圣府③宇堂皇。惠承圣人恩泽，敕造府、举世无双，官衙宅，袭传建制，公爵贵尊彰。

院园景胜处，厅堂馆舍，墨韵书香。漫④传得，家风礼顺文昌。王胄恪遵祖训，人才出，族盛名扬。徜徉久，临风思圣，夕照叹沧桑。

二〇二一年十月十三日

---

① 云波，云状的波纹。
② 鲁都，周朝功臣周公旦封于鲁国，其子伯禽前往就国，以曲阜为国都，故称曲阜鲁都。
③ 圣府，即孔府。该府第一道大门上竖匾书金字"圣府"，因称孔府为圣府，又称"衍圣公府"。
④ 漫，漫远。

望海潮·览泰山

横亘齐鲁，濒临浩海，巍巍雄峙东方。绝壁入云，危崖万仞，层峦叠峰莽苍。天际瀑流长，雾奇云变幻，柏隐松张。玉皇峰巅 ①，直通帝座叩天堂。

云开庙宇煌煌。历帝王封祀，致佑安疆。儒圣捷登 ②，文人慕至，摩崖 ③ 碑碣流芳。风物远平常，绝顶任极目，万象彰彰。留得遐思近景，归去赋诗章。

二〇二一年十月十七日

---

① 玉皇峰巅，即玉皇顶，泰山最高峰，其上有玉皇庙，古人视为"直通帝座"的天堂。

② 捷登，捷足先登。孔子是第一位登泰山的名士。《孟子·尽心上》："孔子登东山而小鲁，登泰山而小天下。"

③ 摩崖，即摩崖刻石。泰山有摩崖碑碣二千二百余处。

眼儿媚·重孙周岁生日 ①

可爱娇孙小彤彤，乖巧机灵童。乌金柔发，双眸清动 ②，胭脂俏容。

咿呀囡语欢声里，宝宝着妆红。葫芦首玩，笑拿笔印，弄笔手中。

二○二一年十二月十一日于金湖兰庭

行香子·清明祭祖

滚滚红尘，岁月无情，更风雨炎暑寒冬。远催近逼，不见亲踪，向枯山荆，寂山冢，啸山风。

檀香几炷，浓茶几盏，尽苍凉万事俱空。悲情切切，思语难穷，惟忆中寻，册 ③ 中见，梦中逢。

二○二三年四月九月

---

① 璟和婿国鹏为爱女所办生日之贺，既别开生面，又喜乐吉庆，赋词以记。

② 清动，清澈灵动。

③ 册，像册。

153

感皇恩·凭吊祖父 ①

经世历三朝，一生劳苦，风雨沧桑说今古。农耕戴月，汗洒严冬酷暑，传雕承建造，鲁班斧。

乱世救邻，灾年济孺，直面饥荒与枪弩。抚孙培后，谁说晚年虚度，兴家寄厚望，哪堪负 ②？

二〇二三年四月十六日

---

① 祖父生于清光绪三年（公元 1877 年）逝于 1966 年，享年 89 岁，一生充满传奇色彩。灾年救孺，民国十八年（公元 1929 年），西北地区因大旱所致史无前例的大饥馑，祖父磨燕麦（一种饲料）炒面救济灾民。

② 负，辜负。

一落索·怀念舅父 [①]

常记年节相伴，祥和直坦。说今评古诵诗章，教仪礼，传经典。

平日艰途志展，舅功非浅。欲思报恩一重重，有谁料，离今远。

二〇二三年四月十八日

---

① 外祖父毕业于兰州法政大学，曾变卖家资办义学和私塾，并特设女子班，培育子女。舅父深受其父教诲，具有较高的文化水平和一定的古典文学修养。年幼时舅父教我唐诗、宋词及古代名人典章。

155

多唐令·缅怀岳父母

　　祖籍富渭州[①]，殷冬且实秋，避匪兵、举徙穷沟[②]。尽耗家财置脊土，是无奈、少谋筹？

　　晨兴垦荒丘，晚归饲鸭牛，好年华、尽付东流。枯树墓头啼杜鹃，滴滴泪、哪时休？

二〇二三年四月二十日

---

①渭州，甘肃平凉故称。北魏孝庄帝元子攸永安三年（公元530年）置州，以渭水为名，至金太宗完颜晟天会九年（公元1131年），金军占领渭州，改平凉府，其地名沿用至今。

②举徙穷沟，民国时，全家迁居至宁夏隆德杨河老张沟。